भीष्म साहनी

जन्म : 8 अगस्त, 1915 को रावलपिंडी (पाकिस्तान) में।

शिक्षा : हिन्दी-संस्कृत की प्रारम्भिक शिक्षा घर में। स्कूल में उर्दू और अंग्रेजी। गवर्नमेंट कॉलेज, लाहौर से अंग्रेजी साहित्य में एम.ए., फिर पंजाब विश्वविद्यालय से पी-एच.डी.।

बँटवारे से पूर्व थोड़ा व्यापार, साथ-ही-साथ मानद (ऑनरेरी) अध्यापन। बँटवारे के बाद पत्रकारिता, 'इप्टा' नाटक मंडली में काम, बंबई में बेकारी। फिर अम्बाला में एक कॉलेज में तथा खालसा कॉलेज, अमृतसर में अध्यापन। तत्पश्चात् स्थायी रूप से दिल्ली विश्वविद्यालय के ज़ाकिर हुसैन कॉलेज में साहित्य का प्राध्यापन। इस बीच लगभग सात वर्ष 'विदेशी भाषा प्रकाशन गृह', मॉस्को में अनुवादक के रूप में कार्य। अपने इस प्रवासकाल में उन्होंने रूसी भाषा का यथेष्ट अध्ययन और लगभग दो दर्जन रूसी पुस्तकों का अनुवाद किया। क़रीब ढाई साल 'नई कहानियाँ' का सौजन्य-सम्पादन। 'प्रगतिशील लेखक संघ' तथा 'अफ्रो-एशियाई लेखक संघ' से भी सम्बद्ध रहे।

प्रकाशित पुस्तकें : *चीलें, भाग्यरेखा, पहला पाठ, भटकती राख, पटरियाँ, वाङ्चू, शोभायात्रा, निशाचर, पाली, डायन, चीलें* (कहानी-संग्रह); *झरोखे, कड़ियाँ, तमस, बसंती, मय्यादास की माड़ी, कुंतो, नीलू नीलिमा नीलोफ़र* (उपन्यास); *माधवी, हानूश, कबिरा खड़ा बज़ार में, मुआवजे, सम्पूर्ण नाटक* (दो खंडों में) (नाटक); *आज के अतीत* (आत्मकथा); *गुलेल का खेल* (बालोपयोगी कहानियाँ)।

सम्मान : अन्य पुरस्कारों के अलावा *तमस* के लिए 'साहित्य अकादमी पुरस्कार' तथा हिन्दी अकादमी, दिल्ली का 'शलाका सम्मान'।

साहित्य अकादमी के महत्तर सदस्य रहे।

निधन : 11 जुलाई, 2003

भाग्य-रेखा

भीष्म साहनी

राजकमल पेपरबैक्स

राजकमल पेपरबैक्स में
पहला संस्करण : 2016
दूसरा संस्करण : 2024

राजकमल पेपरबैक्स : उत्कृष्ट साहित्य के जनसुलभ संस्करण

राजकमल प्रकाशन प्रा.लि.
1-बी, नेताजी सुभाष मार्ग, दरियागंज
नई दिल्ली-110 002
द्वारा प्रकाशित

शाखाएँ : अशोक राजपथ, साइंस कॉलेज के सामने, पटना-800 006
पहली मंजिल, दरबारी बिल्डिंग, महात्मा गांधी मार्ग, प्रयागराज-211 001
1, अनमोल सोराबजी संतुक लेन, धोबी तलाव, मरीन लाइंस, मुम्बई-400 002

वेबसाइट : www.rajkamalprakashan.com
ई-मेल : info@rajkamalprakashan.com

बी. के. ऑफसेट
नवीन शाहदरा, दिल्ली-110 032
द्वारा मुद्रित

मूल्य : ₹ 199

BHAGYA-REKHA
Stories by Bhishma Sahni

ISBN : 978-81-267-2957-9

शीला के नाम

अनुक्रम

भाग्य-रेखा

जोत

जानकू ने चिलम को ठकोरते हुए एक बार फिर आसमान की तरफ देखा। बारिश हल्की तो हो गई थी, लेकिन बादल उसी तरह घने और बोझिल, सारे आसमान को ढँके हुए थे। रात सलामती से गुजर जाए, ओले न पड़ें, तो वह और इन्तजार नहीं करेगा, कटाई शुरू कर देगा।

जानकू ने अपने इष्ट देवता का नाम लिया और गले में बँधे हुए देवता के चिह्न चाँदी की 'सिंघी' को छुआ, 'मालिक, नजर रखीं।' फिर पास पड़े हुए मलमल के छोटे-से काले कपड़े को तह करने लगा।

जानकू का खेत पहाड़ की ढलाई पर था। खेत तो कहना ठीक नहीं, खेत के छोटे-छोटे टुकड़े थे, जो सीढ़ियों की शक्ल में, एक के ऊपर दूसरा, तलाई को ढँके हुए थे। काँगड़े के सुदूर पहाड़ों में जंगलात का जो रास्ता 'कोहड़' से 'नल्शेता' की ओर, ऊँचे पहाड़ को कमरबन्द की तरह घेरे हुए है, उसी के दामन में, यह जमीन का टुकड़ा था। एक कोने में छिपी हुई होने के कारण जानकू की जमीन बाकी गाँव से अलग-थलग थी।

गाँव में खेत कट चुके थे और लोग मटोर-मेले की तैयारियों में थे। काँगड़े के हर गाँववाले के लिए मटोर-मेला एक लम्बे सफर के बाद अपने चिर-वांछित स्थान पर पहुँच जाने के बराबर था। खेत कट जाते और 'हाड़' महीने के पहले दिन, गाँव के लोग, नरसिंघों और नगारों को बजाते हुए, गाँव के देवता की पालकी उठाए हुए, कई पहाड़ियाँ पार करके मटोर गाँव की ओर जाते, जहाँ अनाज के बड़े देवता का मन्दिर था। दिनभर देवता की पूजा होती, और मन्दिर के फर्श पर चढ़ावे के गेहूँ का एक बिछौना-सा बिछ जाता। फिर रंगरलियाँ होतीं, लुगड़ी के नशे में किसान झूमते हुए घरों को लौटते और अपने इष्ट देवता को फिर से मन्दिर में स्थापित कर देते।

पर जानकू इस मेले पर हमेशा हाँफता हुआ ही पहुँचता था। उसकी जमीन, छिपे हुए कोने में होने के कारण, सूरज की धूप से वंचित रहती थी। जहाँ औरों के खेत पहाड़ के विशाल वक्ष पर फैले हुए, दिन-भर खिली हुई धूप का रस लेते, वहाँ

जानकू के खेत पर केवल दोपहर की ढलती हुई धूप पड़ती—और इसी कारण बरसात के शुरू हो जाने तक खेत तैयार न हो पाता। इसीलिए जेठ महीने के आखिरी दिन हमेशा जानकू की नींद उचाट किए रहते। जहाँ और लोग मेले की तैयारियों में व्यस्त होते, वहाँ जानकू की आँखें आसमान को ताकती रहतीं कि ओले न पड़ें और खेत बच जाए!

यही थी जानकू की जमीन। अन्यमनस्क, मलमल के कपड़े को सहलाते हुए उसकी आँखों के सामने कई दृश्य घूम रहे थे—वह दृश्य भी, जब उसने इस जमीन को खरीदने का निश्चय किया था। उसे ऐसा जान पड़ा, जैसे फिर उत्तमी का छोटा-सा सलोना हाथ उसके दिल को छूने लगा है, और उसके कन्धे पर अपना सिर रखे उत्तमी कह रही है, 'ले लो न यह जमीन। मैं जो अब आ गई हूँ। मैं सब काम करूँगी।'

और जानकू ने उसका हाथ सहलाते हुए कहा, 'यह जमीन के बहुत छोटे-छोटे टुकड़े हैं उत्तमी, काम करते-करते हड्डियाँ टूट जाएँगी।।'

'मैं तीन घड़े पानी के उठाकर पहाड़ी पर चढ़ सकती हूँ। मैं सब काम कर लूँगी!'

और फिर धीरे से जानकू के सीने के साथ सटकर हँसती हुई, और अपनी चमकती हुई आँखों से उसे अवाक् करती हुई बोली, 'यहाँ हमें कोई देखेगा भी नहीं। जब चाहेंगे, काम करेंगे; जब चाहेंगे, बैठकर बातें करेंगे। यहाँ तो गाँव के आदमी आते ही नहीं। तू कोठा बेचकर यह जमीन खरीद ले!'

और जानकू ने अपना पैतृक कोठा बेचकर जमीन खरीद ली।

दो ही महीने पहले सात पहाड़ियाँ दूर बैजनाथ से जानकू उत्तमी को ब्याह के लाया था। अढ़ाई सौ रुपए तो देने पड़े थे, लेकिन जैसे स्वर्ग खरीद के ले आया हो! उत्तमी गोड़ी करती तो हँसती हुई, और जो जंगल में से लकड़ियाँ काटकर लाती तो हँसती हुई। और धीरे-धीरे इसी जमीन की स्निग्ध ओट में, उत्तमी दो बच्चों की माँ भी हो गई थी।

पर अब उत्तमी नहीं थी। उसे मरे भी आठ साल से अधिक बीत चुके थे। उत्तमी का श्वेत कोमल हाथ, सहसा निर्जीव होकर, जैसे जानकू के कन्धे पर से लुढ़क गया!

जानकू ने आँख उठाकर देखा तो लम्बरदार सामने खड़ा था। कद का लम्बा और गठीला, सिर पर पगड़ी और कानों में सोने की बालियाँ। लम्बरदार की चाल-ढाल में ही रौब था। जब बात करता तो अपने-आप ही माथे पर बल पड़ जाते। जानकू एक हाथ से अपने गले में बँधी हुई 'सिंघी' को छूता हुआ उठ खड़ा हुआ।

''तेरी जमीन फिसल रही है जानकू, और तू बैठा चिलम पी रहा है! जमीन रहे या जाए, लगान देना होगा, पहले ही कह दूँ।''

और बिना कुछ कहे–सुने, बिना जवाब–सवाल का मौका दिये, वह रास्ते पर आगे निकल गया।

जानकू की टाँगें लड़खड़ा गईं और वह हतबुद्धि घर की सीढ़ी पर बैठ गया। उसे ओलों का डर था, कि कहीं लहलहाते खेत को बरबाद न कर दें, जमीन के फिसलने का नहीं। लेकिन अक्सर वही दीवार टूटने लगती है जिसे मनुष्य सबसे अधिक मजबूत समझता है।

लम्बरदार की आवाज सुनकर जानकू के दोनों बच्चे घर से बाहर निकल आए और हैरान आँखों से अपने बाप को देखने लगे। उनकी समझ में न आया कि क्यों उनका बाप एक वाक्य सुनने पर ही जमीन पर यों बैठ गया है। छोटे सोमी को तो फिसलती जमीन देखने की तीव्र उत्कंठा हुई, लेकिन पिता को चुपचाप बैठा देखकर मुँह में उँगली दबाए खड़ा रहा।

सीढ़ी पर से उतरकर जानकू मुँडेर के पास आया जहाँ पत्थरों से ही ढँकी हुई देवता की छोटी–सी मूर्ति धरी थी, और हाथ बाँधकर देवता के सामने खड़ा हो गया, 'मालका नजर रखीं, नजर रखीं महाराज!'

और फिर बार–बार देवता के चरणों पर अपना माथा रखने लगा।

जब से उत्तमी मरी थी, उसे देवता से डर लगने लगा था। उत्तमी की मौत पर पहली बार उसे देवता के क्रोध का आभास हुआ था, कि वह कितना दुर्दम और घातक हो सकता है। और जानकू मानने लगा था कि सब बात देवता के हाथ में है, जो उत्तमी मरे तो क्या और जो ओले पड़ें तो क्या; बल्कि जानकू तो मानता था कि उसने सचमुच देवता के चढ़े हुए तेवर देखे हैं, देवता के मुँह पर क्रोध की रेखा देखी है।

जानकू ने तब से अपने घर के बाहर, दीवार पर, देवता की हाथ–भर ऊँची–मूर्ति रख छोड़ी थी, जिसके पास देवता की खड़ाऊँ, एक टीन का छोटा–सा त्रिशूल, और मूर्ति के ऊपर, एक लकड़ी पर टँगी हुई देवता की पताका। आते–जाते जानकू देवता के चरण छू लेता, और उठते–बैठते अपने गले में बँधी हुई देवता की 'सिंघी'।

काँगड़े में हर पहाड़ के दामन में एक गाँव है, और हर गाँव का अलग–अलग देवता। उसकी मूर्ति न केवल पहाड़ की 'जोत' पर (चोटी पर) ही आसीन रहती है, जहाँ से वह गाँव के हर आदमी को देखती रहती है, बल्कि गाँव के मन्दिर में, और गाँव के हर घर के बाहर भी, उसका स्थान है। जानकू हर त्योहार जोत पर चला जाता और देवता को नमस्कार करता, और हर रोज मन्दिर में और घर पर देवता की पूजा करता। उसकी चेतना में उत्तमी का स्थान देवता ने ले लिया था।

आज फिर जानकू को देवता के माथे पर बल नजर आए और उसका दिल काँप उठा। बार–बार याचना करने के बाद वह अपनी जमीन की तरफ भागा।

शाम हो चुकी थी जब वह जमीन पर पहुँचा। फटे हुए कम्बल का घुटनों तक कोट, बकरी के बालों का कमरबन्द, नंगे पाँव, और सिर पर एक कीच की-सी मैली टोपी, विशालकाय पहाड़ों के दामन में अकेला खड़ा हुआ जानकू बार-बार अपनी जमीन को देख रहा था।

बरसात के दिनों में पहाड़ों पर से अक्सर चट्टानें गिरा करती हैं, हवा की तेजी में रीह और पोश के पेड़ टूट-टूट जाया करते हैं, और सड़कों और खेतों के हिस्से बारिश के थपेड़ों से बह-बह जाते हैं। जमीन का फिसलना कोई नई बात न थी।

लेकिन, जानकू को यह देखकर सन्तोष हुआ कि जमीन अभी तक खड़ी थी, फिसली नहीं थी, केवल जमीन की सबसे निचली सीढ़ी टेढ़ी होकर नाले की ओर झुक गई थी। पर पहाड़ की तलाई के निचले हिस्से में एक गहरा चीर आ गया था, और यह चीर चन्द्राकार में फैलता हुआ जानकू के सारे खेत को घेरे हुए था। बारिश का पानी इसी दरार में से बह-बहकर नीचे आ रहा था और इसे और भी गहरा और चौड़ा किए जा रहा था। डर इसी दरार से था। अगर वह गहरी हो गई तो सारी की सारी जमीन टूटकर बह जाएगी। ऐसे चीर जानकू ने पहले कई बार देखे थे, लेकिन इस तरह एक खेत का गला घोंटते हुए नहीं।

जानकू उल्टे पाँव भागता हुआ गाँव की ओर दौड़ा। अगर खेत में चीर पड़ गया है तो वह बन्द भी किया जा सकता है। अगर पटवारी ने दया की और लम्बरदार ने गाँव के आदमी साथ कर दिये तो यह चीर बन्द हो जाएगा। और नहीं तो ऊपर से बारिश के पानी का रुख बदल दिया जा सकता है।

पटवारीखाना गाँव के दूसरे सिरे पर था। जब जानकू वहाँ पहुँचा तो गाँव के सब चौधरी, सायंकाल के अँधेरे में बैठे, लम्बरदार का इन्तजार कर रहे थे। देवता की झाँकी तैयार हो रही थी। जानकू हाथ बाँधकर बोला, "मेरी जमीन बह चली है मालिको, कुछ करोगे तो बच जाएगी!"

और जब पटवारी ने आँख उठाकर जानकू की ओर देखा तो जानकू ने एक साँस में सारी बात कह डाली।

थोड़ी देर के लिए सब चुप रहे। फिर राधे दुकानदार बोला, "कल देवता का दिन है जानकू, और अभी-अभी मन्दिर में पूजा होनेवाली है। आज तेरे साथ कौन जाएगा?"

"जो तुम लोग दया करोगे तो बच जाएगी," जानकू ने याचना की।

फिर पटवारी ने सिर हिलाते हुए, अपनी छोटी-छोटी तीव्र आँखों से जानकू को देखते हुए, धीरे-धीरे कहना शुरू किया। पटवारी पूजा-पाठ करनेवाला आदमी था, हर बात भाग्य पर विश्वास करते कहता था, "फिसलती जमीन को कौन रोक सकता है जानकू, और फिर जेठ की बारिश! तुझ पर देवता का कोप है। तेरी मदद कोई क्या करेगा? पिछले साल तेरा भैंसा हल चलाते हुए मर गया। कभी भैंसे भी

यूँ मरे हैं? फिर सबके खेत कट जाते हैं, तो तेरे खेत का सिट्टा हमेशा हरा रहता है; कभी ऐसा भी हुआ है?''

राधे दुकानदार ने भी, पटवारी की हाँ-में-हाँ मिलाते हुए हामी भर दी, ''पहले देवता का कोप दूर कर दे, फिर खेत में बरकत आएगी। मेरी मान और बकरे का चढ़ावा चढ़ा दे। कल देवता का दिन है।''

''बकरे के लिए पैसे कहाँ से लाऊँ?'' जानकू ने रुँधे हुए गले से पूछा।

किसी ने कोई जवाब न दिया। अँधेरा बढ़ रहा था और उसकी बढ़ती छाया में चौधरियों के आकार धुँधले और अस्पष्ट हो रहे थे। बारिश की टप-टप उसी तरह जारी थी, और रिस-रिसकर जैसे जानकू की आत्मा तक को निरुद्ध कर रही थी। देवता के कोप को सुनकर उसका दिल बैठ गया। उसे इसी बात का डर था कि कहीं फिर देवता का कोप न हो। जीवन-भर में जानकू ने ऐसी भयानक रात न देखी थी।

पटवारी फिर अपने स्थिर, हृदयहीन लहजे में बोला, ''जोत पर जाके कोई मन्नत मान। ऊपर चला जा। बकरे के चढ़ावे की भी कोई जरूरत नहीं।''

कोने में बैठे हुए हरिचन्द ने पटवारी की बात काटकर कहा, ''सिरफ मन्नत मान लेने से या देवता की पूजा से काम नहीं चलेगा जानकू! खेत फिसल रहा है, अभी कुछ कर पाएगा तो बचेगा, नहीं तो कल तक उसका निशान भी नहीं मिलेगा। यह सब पुरानी बातें हैं। तेरी जमीन जंगलात की सड़क के पास है न, यह काम जंगलातवाले कर सकते हैं। तू रेंजर के पास चला जा। वह हाकिम है। मान जाए तो रातोंरात मजूर लगा के जमीन के नीचे दीवार खड़ी कर देगा। और कोई तरीका नहीं। जा, देर मत कर।''

हरिचन्द और पटवारी की आपस में पटती नहीं थी, खासकर जब हरिचन्द हाल ही में एक ठेकेदार का कारिन्दा बनकर अमृतसर तक उसके खच्चर हाँक आया था, और बात-बात पर जिरह करता था।

लेकिन जानकू को कुछ सहारा मिला। देवता की तृप्ति जरूरी थी, मगर साथ ही अगर रेंजर मान जाए तो सम्भव है, जमीन भी बच जाए। चुपचाप जानकू ने रेंजर के घर की राह ली। हरिचन्द उसे गली तक छोड़ने के लिए आया, और उसकी आस्था को पक्का करता हुआ कहने लगा, ''ऊपर भगवान है, तो नीचे हाकिम। पहले हाकिम की पैरवी कर। जो मामला न सुलझे तो देवता के पास जाना!''

पर रेंजर के घर की ओर पहाड़ी पर चढ़ते हुए जानकू की आस्था फिर टूटने लगी। जो सड़क रेंजर के घर की ओर चढ़ती थी, वही एक मोड़ पर अलग होकर जोत को चली जाती थी। जानकू दुविधा में पड़ गया। जोत पर एक बार माथा नवा आऊँ तो फिर रेंजर के घर चला जाऊँ। अगर देवता की तृप्ति ही पहले कर देता, चढ़ावा चढ़ाता, पाठ करवाता, तो यह हालत न होती।

जानकू के कान में चाँदी की एक मुर्की थी। उसने सोचा कि अगर इसे मन्नत मानकर जोत पर चढ़ा आऊँ तो बच जाऊँगा। पर फिर फिसलती जमीन का खयाल आया तो कदम रेंजर के घर की ओर जाने के लिए आतुर हो उठे। जोत पर पहुँचते-पहुँचते रात आधी से ज़्यादा बीत जाएगी, रेंजर सो जाएगा, और रात-भर इन्तजार करना पड़ेगा।

इसी दुविधा में जानकू सड़क के दोराहे पर घबराया हुआ एक पत्थर पर बैठ गया। पटवारी के वाक्य फिर कान में गूँजने लगे, 'रेंजर क्या करेगा, जो देवता को मंजूर होगा, वही होगा।'

पटवारी ने कभी गलत नहीं कहा था। पटवारी के अपने घर बच्चा नहीं होता था, लेकिन जब ज्वालाजी के मन्दिर में उसने बकरे की बलि दी तो दूसरे ही साल चाँद-सा बेटा उसके घर पैदा हुआ था।

भय, क्षोभ और उत्कंठा से जानकू का गला बार-बार रुँध गया। वह कभी इतना अकेला, निस्सहाय और आश्रयहीन नहीं हुआ था। न मालूम कितनी देर तक दोराहे पर बैठा रहने के बाद वह काँपते पाँव, और दोनों हाथों से 'सिंघी' को पकड़े हुए, रेंजर के घर की ओर मुड़ पड़ा।

रेंजर शराब के नशे में था। शामदास रेंजर, जंगलात का सबसे छोटा अफसर था, लेकिन तो भी हाकिम था, और हाकिम लोग रात के वक्त किसी से नहीं मिलते। बार-बार दरवाजा खटखटाने के बाद वह लैम्प हाथ में लिये हुए बाहर आया।

"रेंजर साहब, मेरे खेत में चीर आ गया है, जो ठीक न हुआ तो सारा खेत बह जाएगा!" जानकू ने पहले वाक्य में ही अपनी दीनता का परिचय दे दिया, ताकि रेंजर नाराज न हो।

"कौन है?" रेंजर ने लैम्प उठाते हुए ध्यान से देखा।

"जी हुजूर!"

"क्यों, क्या काम है?"

और जानकू ने फिर हाथ बाँधकर सारा किस्सा कह सुनाया।

नशे के बावजूद, क्षण-भर में, रेंजर ने मामला समझ लिया। अगर जमीन बह गई तो सड़क को भी नुकसान पहुँचेगा। लेकिन बोला नहीं, चुपचाप खड़ा रहा।

"देखो महाराज, आज मुझ पर मुसीबत आई है, मेरी तरफ से आँख नहीं मोड़ो! ऊपर भगवान है और नीचे तुम हो!"

जानकू ने गिड़गिड़ाते हुए हरिचन्द का कहा हुआ वाक्य दोहरा दिया और अधीर उत्कंठा से रेंजर के मुँह की ओर देखने लगा। लेकिन हाकिमों की निगाह भी देवता की निगाह की तरह गोपनीय होती है, कब उस पर बरकत करेगी, कौन कह सकता है!

जानकू को एकाएक सड़क का खयाल आया, जो बल खाती हुई ऐन उसकी जमीन के ऊपर से जाती थी। रेंजर के पाँव घुटनों तक दबाते हुए बोली, "देखो

मालिक, जो मेरी जमीन बह गई तो सड़क को भी नुकसान पहुँचेगा। वह कमजोर पड़ जाएगी।''

रेंजर ने गुस्से से पाँव खींच लिये।

जानकू जानता था कि रेंजर पर एक ही चीज असर कर सकती है, और वह जानकू की फटी हुई जेबों में से कब की निकल चुकी थी। जानकू जब से गरीब हुआ था, यही सोचा करता था : देवता और हाकिम दोनों को एक ही चीज तृप्त कर सकती है, और वह उसके पास नहीं। वह देवता के क्रोध को कैसे शान्त कर पाएगा?

किसी जमाने में रेंजर की उत्तमी पर नजर रहा करती थी। सारा गाँव जानता था। जानकू यह सुना करता और दिल-ही-दिल में रो दिया करता। पर गाँव की कौन-सी जवान लड़की थी जिस पर कभी-न-कभी रेंजर की नजर न रही हो? जानकू को और कुछ न सूझा तो उत्तमी का वास्ता डालते हुए हाथ बाँध दिये, ''उत्तमी के छोटे-छोटे बच्चे भूखों मर जाएँगे माई-बाप!''

और उसने फिर रेंजर के पाँव पकड़ लिये।

रेंजर को शराब की मस्ती में उत्तमी का चेहरा याद आया—हर वक्त हँसता-शरमाता हुआ चेहरा, उसका छोटा-सा गठीला बदन। उत्तमी की साँस की धीमी-सी बास भी रेंजर की उत्तेजित वासना को छू गई। लेकिन जानकू के सामने वह सरकारी अफसर था, और उत्तमी को मरे भी बरसों बीत चुके थे, और उत्तमी की जगह एक दिन के लिए भी खाली न हुई थी। पर रेंजर ने अब की बार जवाब जरूर दिया, ''मैं जंगलात में काम करता हूँ जानकू, मेरा खेतों के साथ कोई वास्ता नहीं। जा, गाँववालों से मदद माँग!''

इस कोरे जवाब से जानकू का सिर चकरा गया। वह इस तरह रेंजर के मुँह की ओर ताकने लगा, जैसे शून्य में देख रहा हो!

जानकू को फिर देवता की याद आई। उससे जरूर भूल हुई है। अगर हाँफता हुआ जोत के सामने जा खड़ा होता और देवता के चरणों पर माथा रख देता, तो जरूर देवता को दया आ जाती। देवता की नजर हो तो तूफान थम जाते हैं, और टूटते हुए पहाड़ ज्यों-के-त्यों खड़े रह जाते हैं। जानकू दिल-ही-दिल में देवता के सामने अपना दुखड़ा रो गया और अपनी असीम व्याकुलता को दबाए हुए, चुपचाप वहाँ से चल दिया और बिना कुछ कहे-सुने पहाड़ी उतरने लगा।

फिर एक ऐसी घटना घटी जिसका चमत्कार जानकू कई घंटे तक नहीं समझ पाया। अभी वह चन्द कदम ही दूर गया होगा कि रेंजर की आवाज ने पाँव रोक लिये।

''ठहर जानकू, किधर भागा जाता है? मैं तो तेरा दिल देख रहा था। आज तेरी जमीन टूट गई तो कल सड़क फिसलने लगेगी, इसमें नुकसान किसका है?...तू जमीन पर चल। मैं मजदूर लेकर पहुँचता हूँ!''

जानकू जैसे काँप गया। उसकी आवाज देवता ने सुनी है, या हाकिम ने?— नहीं, नहीं, जरूर देवता ने सुनी है। उसने जोत को याद किया तो रेंजर का मन बदल गया। रेंजर को देवता का हुक्म हुआ है! जोत ने भक्त की आरती सुनी है!

जानकू को सोचने की आदत न थी। उसकी मोटी-मोटी उँगलियोंवाले हाथ ही, काम में जुटे हुए, उसकी सारी सोच किया करते थे। लेकिन आज वह इस चमत्कार पर पुलकित हो उठा। उसे ऐसा लगा, जैसे कोई दिव्य हाथ उसके सारे बोझ को थामे हुए, उसे पग-पग पर आश्रय दे रहा है।

अथाह भावोद्रेक में जानकू ने रेंजर के पाँव पकड़ लिये, और फिर भागता हुआ पहाड़ी उतरने लगा। लेकिन जमीन की ओर जाने की बजाय वह अपने घर की ओर भागने लगा। बारिश उसी तरह जारी थी, और रात का सन्नाटा गहरा हो रहा था।

अपनी ड्योढ़ी में पहुँचकर, रास्ता टटोलते हुए जानकू देवता की मूर्ति के सामने खड़ा हो गया, और काँपते हाथों से कान की मुर्की देवता के चरणों पर रख दी और बार-बार माथा नवाने लगा। फिर अन्दर पहुँचकर उसने कुप्पी जलाई।

जानकू के दोनों बच्चे, एक-दूसरे से चिपटे हुए, गहरी नींद सो रहे थे। छोटी लड़की गोपी, बिल्कुल अपनी माँ की-सी सूरत लिये हुए, पीला चेहरा, पतले नक्श, घुटने छाती से लगाए, सिकुड़कर पड़ी थी। उसके होंठों पर अब भी एक हल्की-सी मुस्कान खेल रही थी जो काँगड़े की स्त्रियों का एकमात्र जेवर है और उनकी यातना को आजीवन छिपाए रखता है। उसके साथ लेटा हुआ सोमी बार-बार करवटें ले रहा था।

जानकू ने सोमी के कन्धे को हिलाया। सोमी दसवें वर्ष में था। अपने बाप का-सा नाटा शरीर, चौड़ा मुँह, छोटी-छोटी जनम से ही निराश आँखें।

जब सोमी आँखें मलता हुआ उठ बैठा तो जानकू चुपचाप उसे पिछली कोठरी में ले गया, और उसे जमीन पर बिठाकर खुद उसके सामने बैठ गया। कुप्पी की अस्थिर रोशनी में सोमी केवल प्रकाश और अन्धकार के नाचते हुए साये ही देख रहा था।

जानकू ने अपने आतुर हाथों से, आँखें बन्द करके, गले में बँधी हुई 'सिंघी' को उतारा और चुपचाप सोमी के गले में बाँध दिया। और उसके सिर पर हाथ फेरने लगा। जानकू ने सोमी को भी देवता को अर्पण कर दिया।

जानकू के होंठ कुछ कह रहे थे जिन्हें ऊँघता हुआ सोमी नहीं समझ पाया। फिर जानकू उठ खड़ा हुआ और बिना कुछ कहे-सुने घर से बाहर चला गया। सोमी, हतबुद्धि, कितनी देर तक खिड़की में से बाहर झाँकता रहा, और गली के कीचड़ को लाँघते हुए बाप के पाँव की आवाज सुनता रहा।

जब जानकू जमीन पर पहुँचा तो रेंजर हाथ में बैटरी लिये, पाँच-छह मजदूरों के साथ खड़ा था। उसने एक ही नजर में समझ लिया था कि चीर की मरम्मत कोई

बहुत बड़ी बात न थी। वह ऐसे सैकड़ों चीर बाँध चुका था। पर जानकू की नजरों में अब भी वह एक भीषण खाई के समान था।

रेंजर ने पहले ही से मजदूरों को उनका काम बतला दिया था। जब जानकू पहुँचा तो उसने दोबारा, तलाई पर बैटरी की रोशनी डालते हुए समझा दिया कि नीचे, जहाँ जमीन की सीढ़ी फिसल रही है, वहाँ दो पत्थर चौड़ी दीवार बनेगी। जमीन पर जहाँ चीर था, जगह-जगह पत्थर और मिट्टी की रोकें खड़ी की जाएँगी। और ऊपर, सबसे ऊपर सड़क के पास, पानी का बहाव दूसरी तरफ बदल दिया जाएगा ताकि पानी जानकू की जमीन पर न पड़े।

जानकू ने सिर हिला-हिलाकर सब समझ लिया। उसने देखा, रेंजर की आवाज में अब मिठास न थी, कटुता थी, तीखापन था—लेकिन वह हाकिम क्या जिसकी आवाज में मिठास हो! और फिर जानकू को इसकी परवाह न थी, रेंजर देवता के हुक्म पर काम कर रहा था।

जानकू को चीर में रोकें खड़ी करने के काम पर लगाया गया और दो मजदूर उसके साथ दिये गए। रेंजर कुछ मजदूरों को साथ लेकर ऊपर चला गया। और बाकी मजदूर, नीचे नाले के पास, दीवार खड़ी करने चले गए।

जानकू थका हुआ था, मगर काम पर लपक पड़ा। पत्थर नीचे नाले के किनारे पर से लाने पड़ते थे। जानकू की बोझिल, थकी हुई टाँगें नीचे जाते हुई बार-बार फिसल रही थीं। लेकिन पग-पग पर वह जैसे अपनी जमीन के दिल की धड़कन महसूस कर रहा था।

काम कितनी देर तक रहा और कहाँ तक पूरा हो पाया, जानकू को कोई सुध न रही। लड़खड़ाते हुए पाँव नाले की ओर जाते, और बोझिल, मुर्दा पीठ पर पत्थरों को उठाए हुए लौट आते। उसे मालूम न रहा कि बारिश की टप-टप कब बन्द हुई, और जंगल में से साँय-साँय करती हुई हवा ने कब पहाड़ों को अपने आलिंगन में ले लिया।

थका-हारा जानकू एक यंत्र की तरह काम कर रहा था। उसके वहमी मन में केवल एक ही वाक्य बार-बार चक्कर काटता, 'आज देवता ने भगत की सुनी है, हाकिम को देवता का हुक्म हुआ है! मेरी जमीन बच जाएगी!'

पौ फट रही थी जब जानकू ने कमर सीधी की। चीर में जगह-जगह रोकें बन गई थीं, लेकिन पानी रिस-रिसकर अब भी आ रहा था। जमीन तो बारिश में जैसे कीचड़ हो गई थी, और खेत भी बहुत कुछ उस कीच में मिल चुका था, लेकिन जानकू को इसकी चिन्ता नहीं थी। जमीन बच गई तो मनों अनाज फिर निकल आएगा। जमीन फिसली नहीं थी, उसकी निचली सीढ़ी भी नहीं गिरी थी, वरना उसे पता चल जाता। और अब तो उसे पत्थर की पक्की दीवार का सहारा मिल गया होगा। सीढ़ियाँ जरूर कच्ची हो गई थीं, लेकिन वह फिर भी ठीक हो सकती हैं। सिर्फ पानी का बहाव अभी पूरी तरह दूसरी तरफ नहीं मुड़ पाया था।

जानकू यह सब देख ही रहा था जब एक अजीब-सा शब्द, गम्भीर और भयानक, बादलों की गड़गड़ाहट का-सा, उसके कानों में पड़ा। और बिना उसे सोचने का अवसर दिये एक ऊँची चौड़ी चट्टान ऊपर से लुढ़कती, पेड़ों से टकराती पहाड़ की तलाई पर से गिरी।

जानकू घबराकर एक तरफ को हो गया। लेकिन जानकू के जमीन तक पहुँचने से पहले ही चट्टान रुक गई। जानकू ने इसका कारण जानने के लिए रेंजर को पुकारा। लेकिन कोई जवाब न मिला। फिर यह सोचकर कि शायद रेंजर ने सुना नहीं, स्वयं ऊपर जाने लगा। थके हुए लड़खड़ाते पाँव को घसीटता और कदम-कदम पर हाँफता जानकू पहाड़ी चढ़ने लगा। प्रभात की रोशनी में धीरे-धीरे हर एक चीज उसे नजर आने लगी थी।

सड़क के पास पहुँचा तो उसका दिल धक्-से बैठ गया। सड़क टूट चुकी थी, और उसकी जगह पर एक गहरी खाई अपना मुँह फाड़े खड़ी थी। यह उसकी जमीन के ऐन ऊपर था। और इसी खाई में पत्थर की चट्टान गिरकर एक जगह रुक गई थी। बारिश का पानी इसी में बह-बहकर नीचे इकट्ठा हो रहा था। जानकू यह देखकर व्याकुल हो उठा। थोड़ी ही देर में मिट्टी, पत्थरों और रुके हुए पानी का सारा बोझ उसकी जमीन पर आन पड़ेगा और देखते-ही-देखते सारी जमीन बह जाएगी।

जानकू ने चिल्लाकर रेंजर को आवाज दी, लेकिन सन्नाटे में से आवाज पहाड़ों पर टकराकर लौट आई। जानकू को कोई जवाब न मिला। जानकू क्षण-भर में समझ गया कि अब सड़क को मिलाने के लिए पुल की जरूरत होगी—न केवल पुल की ही, बल्कि दो-तीन दीवारों की भी, और छन-छन करते पैसे रेंजर की जेब में जाएँगे।

जानकू आँखें फाड़-फाड़कर खाई की ओर देखने लगा।

जानकू के हाथ अब भी थोड़ा काम कर सकते थे, वह अब भी मरना नहीं चाहता था। किसान था, अनाज से प्रेम करता था। खेत में, दरार से हटकर, गन्दम के कुछ पौधे अब भी टेढ़े होकर खड़े थे। अगर उनके सिट्टे भी बच रहे तो बच्चे एक जून रोटी खा पाएँगे।

जानकू चट्टानों को पकड़ता हुआ नीचे उतर आया, और पागलों की तरह, जहाँ कहीं उसे गेहूँ का सिट्टा नजर आया, उसे तोड़ना शुरू कर दिया। गेहूँ के पौधे, जानकू के शरीर की तरह शिथिल और बेजान हो रहे थे। गाँव में नरसिंघे बजने लगे, और मेले के निमंत्रण से वातावरण जाग उठा। जब नगारों और नरसिंघों की आवाज जानकू के कान में पड़ी तो वह धरती पर बैठा हुआ, बार-बार एक पत्थर को उठाने की कोशिश कर रहा था, जिसके नीचे गन्दम के कुछ सिट्टे कुचले जा रहे थे।

पत्थर था तो छोटा-सा, लेकिन जानकू उससे जूझ रहा था। गाँव से आती हुई आवाजें भी, हजारों स्मृतियों से लदी हुई, उसकी चेतना को पूर्णतया न जगा पाईं। थोड़ी देर में देवता की झाँकी मटोर की ओर जाती हुई निकली। सजी हुई पालकी को गाँव के चार मुखिया उठाए हुए थे, और सबसे पीछे सोमी और गोपी भी अपने दीन-मैले कपड़ों में चले जा रहे थे।

जमीन के ऐन सामने वे दोनों खड़े हो गए और उनकी आँखें अपने बाप को ढूँढ़ने लगीं। पत्थर के पास पड़े जानकू को यों जान पड़ा, जैसे उत्तमी भी उनके पीछे आन खड़ी हुई है, और बार-बार उसकी ओर इशारा करती हुई उसे बुला रही है...

जब यह दृश्य जानकू की नजरों से ओझल हुआ तो उसे देवता की जोत नजर आई—घने, काले बादलों से घिरी हुई! महाराज के मुकुट को काले बादल बार-बार लपेट रहे हैं, महाराज अब भी नाराज हैं, वह इन्हीं काले बादलों को उसकी खेती पर भेज देंगे।

जानकू को महाराज के आकार में फिर चढ़े हुए तेवर नजर आए और उसने नमस्कार के लिए हाथ उठाए। लेकिन हाथों में कोई स्फूर्ति न आई। वहीं के वहीं पड़े रहे—एक हाथ जमीन पर, लेकिन गतिहीन; दूसरा हाथ औंधा होकर घुटने पर!

जानकू अवाक् देखता रहा। धीरे-धीरे उसकी भयभीत आँखों के आगे, जोत को भी ढँकती हुई, किसी दूसरे देवता की आकृति सामने आई। उसके सिर पर भी बादल थे, लेकिन उसके मुकुट को छू नहीं पाते थे, काली-काली भँवें, लाल दमकता हुआ चेहरा—और, जानकू देखकर डर गया—उसके पाँव के नीचे उत्तमी की देह औंधी पड़ी थी और उसका दूसरा पाँव जानकू को दबोचने के लिए उठा हुआ था।

जानकू ने उत्तमी को पुकारा, लेकिन वह बोली नहीं, सहमी हुई नजरों से जानकू को देखती रही। उस देवता ने जोत को भी ढँक लिया था। जानकू ने देखा कि इस देवता का क्रोध तो महाराज के क्रोध से भी अधिक है।

देवता का कद बढ़ता जा रहा था; उसके हाथ दो के बजाय अनगिनत हो रहे थे, और वह पहाड़ के ऊपर खड़ा चट्टानों को तोड़-तोड़कर फेंक रहा था, और सब चट्टानें जानकू की खेती को कुचल रही थीं। उसकी सहस्त्र आँखों में क्रोध की ज्वाला नाच रही थी। सहसा वह देवता फिर छोटा होने लगा, उसकी बाँहें कम होते-होते फिर केवल दो ही रह गईं। अब उसके पाँव थोड़ी-सी जगह को घेरे हुए थे।

जानकू देखकर हैरान रह गया कि अब उसके पाँव के नीचे उत्तमी की देह भी न थी। उसके साधारण कपड़ों पर कीच था, और मोटे-मोटे बूट कीच से मिटैले हो रहे थे, जानकू की चेतना ने रेंजर को पहचान लिया। पर जानकू समझ न सका कि वह रेंजर है, या उसके भाग्य का क्रुद्ध देवता। जो चट्टानें खेती को कुचल गई थीं, वह इसी के हाथों से गिरी थीं, उत्तमी भी इसी के पाँव के नीचे पड़ी थी—तो क्या

यह जोत के देवता से भी बड़ा देवता है?...नहीं-नहीं, **यह तो** रेंजर है—रेंजर शामदास, जो पठानकोट से दस बरस हुए, आया था।

जानकू के निरुद्ध हाथ उसका गला घोंटने के लिए सिहर उठे। उसे इन्हीं चट्टानों में तोड़ डालने के लिए तिलमिला उठे। लेकिन देवता का शरीर फिर बढ़ने लगा, फिर उसके पाँव के नीचे उत्तमी की देह छटपटाने लगी, फिर उसके अनगिनत हाथ चट्टानें तोड़-तोड़कर उसकी खेती पर फेंकने लगे, और जानकू की पथराई हुई आँखें धीरे-धीरे सिकुड़ने लगीं।

अशान्त रूहें

करीब महीना-भर बीमार रहने के बाद आज मैंने चारपाई छोड़ी और घर के नजदीक एक बाग में टहलने के लिए गया। बाग उजड़ा हुआ और बहुत पुराना है जिसे किसी वक्त शायद ईस्ट इंडिया कम्पनी ने बनवाया था। इस वक्त वहाँ कोई न था। बाग के निचले हिस्से में अलग-थलग एक रास्ता है, मैं इसी रास्ते पर थोड़ी देर टहलता रहा और फिर सुस्ताने के लिए एक बेंच पर जा बैठा।

थोड़ी ही देर बाद मुझे ऐसा लगा, जैसे कोई मेरे नजदीक साँस ले रहा है। मुमकिन है, थकावट की वजह से मुझे झपकी आ गई हो, या शायद मैंने खयाल न किया हो पर आँख उठाकर देखा तो एक आदमी बेंच के दूसरे कोने पर बैठा हुआ मेरी ओर देख रहा था। उम्र में वह लगभग चालीस का होगा, चेहरा पतला और जर्द-सा, कनपटियों पर के बाल सफेद थे, और सिर पर के थोड़े-से रूखे बाल हवा में उड़ रहे थे। शक्ल-सूरत से कोई भला आदमी जान पड़ता था। मैं सँभलकर बैठ गया।

"कहिए... ?"

वह चुप रहा और एकटक मेरे मुँह की ओर देखता रहा। मैंने सोचा, शायद मुझे पहचानने की कोशिश कर रहा है। थोड़ी देर बाद वह स्वयं बोल उठा, "आप इस वक्त बाग में क्यों आए हैं, यह तो कोई घूमने का वक्त नहीं?"

"मेरा स्वास्थ्य अच्छा नहीं, इसलिए घर में लेटे रहने के बजाय मैं यहाँ चला आया हूँ," मैंने जवाब दिया।

वह फिर चुप हो गया लेकिन मेरी ओर देखता रहा। एक तो उसका अचानक मेरे पास आकर बैठ जाना और फिर एकटक ताकना मुझे विचित्र-सा लगा।

मैंने कहा, "मैंने आपको पहचाना नहीं?"

"मैं तो आपको अच्छी तरह जानता हूँ, आप...हैं न?"

"जी हाँ।"

थोड़ी देर फिर चुप। अब मैंने देखा कि वह भी आराम से बैठ गया है, लेकिन आँखें उसकी अब भी मुझे देख रही थीं।

"एक बात आपसे पूछूँ?"

"कहिए," मैंने जवाब दिया।

"क्या आप सत्यवादी हैं?"

मैंने मुड़कर उसकी ओर देखा, तो उसने फिर पूछा, "क्या आप दयानतदार हैं?"

मैं इस अजीब-से सवाल पर दिल-ही-दिल में थोड़ा गुस्सा भी हुआ और हैरान भी।

"यह आप क्यों पूछते हैं?"

"क्योंकि दयानतदार आदमी का स्वास्थ्य हमेशा ठीक रहता है। सत्यवादी का शरीर हमेशा शुद्ध रहता है।"

मैं हँस दिया लेकिन अब मेरा कुतूहल उसके बारे में बढ़ने लगा।

"क्या आप स्वामी विशुद्धानन्द को जानते हैं?"

"जी नहीं," मैंने जवाब दिया।

"वह 1925 में इस शहर में आए थे। मैंने उन्हें दयानतदार रहने का व्रत दिया था, और उसे आज तक निभाता आ रहा हूँ।"

"तो आप कभी बीमार नहीं हुए?'

"जी नहीं, कभी नहीं।"

उसके इस तरह के सवाल-जवाब मुझे मनोरंजक जान पड़े लेकिन वह शख्स इन्हें बहुत गम्भीर समझता था, मानो दयानतदार रहना जिन्दगी और मौत का सवाल हो!

"आप बड़े संयमी हैं, जो आप सत्यवादी और दयानतदार हैं, मैं तो यह दावा नहीं कर सकता," मैंने कहा।

"1925 से पहले मैंने सब मिलाकर छियालीस रुपए तीन आने अनुचित ढंग से कमाए थे। वह मैंने धीरे-धीरे अपनी तनख्वाह में से काटकर दो सालों में दान कर दिये। तब से मेरे मन पर से बददयानती का एक बोझ उतर गया।"

अब के वह शख्स जमीन की ओर देख रहा था और धीरे-धीरे कह रहा था, "आत्मा पर से बददयानती का धब्बा धुल जाए तो आत्मा साफ हो जाती है। सफेद चादर की तरह साफ हो जाती है..."

"क्या आप नौकरीपेशा हैं?" मैंने पूछा।

"मैं रेलवे में टाइप सैक्शन का सुपरिंटेंडेंट हूँ।"

मेरी नजर उसके धूल-भरे पुराने बूटों पर पड़ी। वह एक ऐसे आदमी के बूट थे जो ज्यादा वक्त चलता रहता हो और ऐसा जान पड़ता हो, जैसे आज तक किसी ने उन्हें पोंछा तक नहीं। उनके तस्मे तक खुले थे। सुबक ही वह सज्जन उनमें अपने पाँव डाल देते होंगे और दिन-भर की धूल छानने के बाद रात को निकाल लेते होंगे।

और सिर पर उड़ते हुए बाल, और जर्द-सा चेहरा, उत्तेजित-सी आँखें; मैंने सोचा, क्लर्क लोग तो खासे बन-सँवरकर रहते हैं।

''जो आदमी दयानतदार है, वह सुखी है। तेईस साल की मेरी सर्विस है। मैं दफ्तर में केवल दफ़्तर का ही काम करता हूँ। कभी कोई अपना निजी खत भी आ जाए तो नहीं पढ़ता। दिन में केवल तीन मिनट के लिए रोज गुसलखाने में जाता हूँ, और हर शनिवार मैं अठारह मिनट ज्यादा काम कर लेता हूँ, ताकि वह कमी पूरी हो जाए।''

मैंने हिचकिचाते हुए पूछा, ''आपकी आय कितनी है?''

''मैं नब्बे रुपए लेता हूँ। मेरे लिए बहुत है। मैंने सर्विस पच्चीस रुपए पर शुरू की थी।''

''आपका परिवार भी होगा?''

''जी, है। तीन लड़कियाँ और एक लड़का।''

''इतने बड़े परिवार का पालन आप नब्बे रुपए में कैसे कर पाते होंगे?'' मैंने पूछा।

''हमारे दफ्तर में एक बड़े अफसर चान्दवानी थे, आपने उन्हें देखा होगा। उन्होंने एक बार मुझे दफ्तर में बुलाया और कहने लगे, 'मैं तुम्हारी सीनियर ग्रेड के लिए सिफारिश करना चाहता हूँ।' मैंने हाथ बाँध दिये। मैंने कहा, 'जनाब, मैं यह तरक्की नहीं चाहता। मेरी नजरों में सब कंगाल हैं, भिखारी भी कंगाल है और महलमाड़ियोंवाले भी कंगाल हैं, और हर क्षण कंगाल हो रहे हैं। एक कंगाल दूसरे कंगाल को क्या दे सकता है!' थोड़े दिनों बाद उन्होंने फिर मुझे बुलाया लेकिन मैंने साफ कह दिया, 'आप मेरी आत्मा को पैसों से ख़रीदना चाहते हैं, आप स्वयं तो भ्रष्ट हो चुके हैं, मुझे भ्रष्ट करना चाहते हैं?' तब वह चुप हो गए।''

''आपको कभी यह महसूस हुआ कि आपने गलती की? मेरे विचार में तो आपकी दयानतदारी को ही देखकर वे आपकी सिफारिश करना चाहते थे?''

''क्या दयानतदारी का इनाम पैसे में है? नहीं, रुपया आत्मा को भ्रष्ट कर देता है, क्या आप इतना भी नहीं जानते?''

''तो वह तरक्की आपको मिली?''

''नहीं, मैं गड्ढे में गिरने से बच गया।''

''तो दफ्तर के बाकी क्लर्क क्या सोचते होंगे?'' मैंने पूछा।

''उसके बाद दफ्तरवाले मुझे पागल कहने लगे। मैं सुनकर हँस देता। एक दिन सुबह मैं दफ्तर में दाखिल ही हुआ था कि एक ने कहा, 'लो, कंजर आज दो मिनट देर से आया है।' मैंने सुन लिया और बिना कुछ कहे अपनी मेज पर बैठकर तीन बार धीरे-धीरे इस शब्द का उच्चारण किया—'कंजर', 'कंजर', 'कंजर'। फिर पैंसिल से एक कागज पर एक-एक अक्षर करके इस शब्द को लिखा 'क', 'ञ्', 'ज', 'र'। फिर उच्चारण किया और जोर से हँसने लगा। 'यह तो केवल चार अक्षर हैं,'

मैंने कहा, 'बस, और कुछ नहीं। एक शब्द मात्र है, बस।' इसके बाद उन्होंने मेरे कई नाम पुकारे पर मैंने कोई ध्यान नहीं दिया। जब वह मुझ पर हँसते तो मैं उन पर हँसने लगता। मैंने समझ लिया कि इन शब्दों का कोई अर्थ नहीं होता।''

इस शख्स की बातों से मेरा मन कुछ विचलित-सा होने लगा। यह शख्स जो बार-बार कह रहा है कि मैं बहुत निश्चिन्त हूँ, मुझे कोई चिन्ता नहीं, शायद वास्तव में इतना निश्चिन्त है नहीं, अपने-आपको धोखा दे रहा है। और जो आदमी नब्बे रुपए में परिवार पालता हो, उसे कई चिन्ताएँ हो सकती हैं। उसकी काली बड़ी-बड़ी आँखें एक जगह पर टिकती न थीं, मानो अपने दिल की व्याकुलता से कहीं भाग जाना चाहती हों! लेकिन मैं शायद गलती पर था। उसने अपने-आपको बहुत कुछ सिखा-पढ़ा रखा था, और वह पूरी दयानतदारी से मानता था कि वह निश्चिन्त और सुखी है। मैंने धीरे से मुड़कर उसकी ओर देखा, वह कुछ चुप था लेकिन उसकी आँखें उसी तरह बेचैन—कभी इस तरफ और कभी उस तरफ देख रही थीं। उसी वक्त सामने एक छोटे-से पेड़ पर बुलबुल ऊपर की शाख पर आकर बैठ गई। बाग में बुलबुल देखकर मुझे खुशी हुई कि सर्दी का मौसम तो खत्म हुआ।

मैंने कहा, ''देखिए, बुलबुलें आने लगी हैं, अब सर्दी खत्म हुई जाती है।'' लेकिन उसने कोई ध्यान न दिया, न ही बुलबुल देखने के लिए सिर तक ऊँचा किया।

मैंने वार्तालाप का सिलसिला जारी रखने के लिए फिर पूछा, ''आप कहते हैं कि आप दफ्तर में अपना निजी खत तक नहीं पढ़ते, यह तो मेरे विचार में एक आदर्श को बहुत खींचनेवाली बात है। कभी कोई जरूरी काम का खत हो सकता है, दुःख-सुख का तार आ सकता है जिसे सब काम छोड़कर भी देखना पड़े तो देख लेना चाहिए।''

''आप तो समझदार आदमी हैं, यह आपने क्या कहा! एक नियम का पालन या तो हो सकता है या नहीं हो सकता। बीच का रास्ता कोई नहीं। और मैं दो मिनट के खत के लिए अपनी आत्मा को कलंकित कर लूँ, बददयानत हो जाऊँ? वह वक्त मेरा नहीं होता, सरकार का होता है, जिसमें काम करने के लिए मुझे तनख्वाह मिलती है। मेरी माता के देहान्त का तार मेरा सम्बन्धी दफ्तर में ले आया था। मैं किसी सम्बन्धी से दफ्तर में नहीं मिलता। जब मैंने मिलने से इनकार कर दिया तो वह क्रोध में तार मेरी मेज पर फेंककर चला गया। मैंने वह तार शाम को घर लौटकर पढ़ा।''

''आपकी माँ की मृत्यु हो गई थी। आपको इसका खेद न हुआ कि आपने तार पहले क्यों न पढ़ा?''

''मृत्यु पर खेद कैसा? हम सब मर रहे हैं, हर क्षण मर रहे हैं। किसी की मौत पूर्ण हो जाती है तो हम उसे उसकी मृत्यु कह देते हैं। मेरी माँ तो जन्म से ही मर रही थी, इस पर खेद कैसा? यूँ तो मैं भी मर रहा हूँ, आप भी मर रहे हैं।''

''आपने क्या *गीता* का अध्ययन किया है?'' मैंने पूछा।

''मैं किताब नहीं पढ़ता। पिछले पच्चीस सालों में मैंने कोई अखबार या किताब नहीं देखी। किताबों में शब्द भरे रहते हैं, जिनका कोई अर्थ नहीं। मेरी आत्मा साफ है, उस पर बददयानती का कोई दाग नहीं। जो वक्त मिले, मैं लोगों की सेवा करता हूँ। इसमें भी शान्ति मिलती है। सेवा में बहुत शान्ति मिलती है।'' वह शख्स फिर अपने-आपसे बात करने लगा था।

''मैं रोज रात को दो बजे उठता हूँ और अपनी सारी गली को पानी से धो देता हूँ, उस वक्त पानी आम होता है। सब गलीवाले मुझसे खुश हैं। बहुत सोना अच्छा नहीं। मैं रात-भर में केवल तीन घंटे सोता हूँ। नींद में जो सपने आदमी देखता है, उनका आत्मा पर बुरा प्रभाव पड़ता है।''

इस विचित्र आदमी का पारिवारिक जीवन कैसा होगा, मुझे कुतूहल हुआ।

''क्या आपकी स्त्री भी आपके साथ गली धोती है?''

वह घबराए हुए नेत्रों से मुझे देखने लगा, ''नहीं तो।''

''क्या वह इसे अच्छा नहीं समझती?''

''नहीं, इसीलिए वह सुखी नहीं। अपने कर्तव्य के प्रति बददयानत है, इसलिए उसे सन्तोष नहीं। मुझे धिक्कारती है, बच्चों को पीटती है। पहले मैं घर से निकल जाया करता था। साथ वाली गली धो दिया करता था, या एक मित्र के लड़के को गणित पढ़ा दिया करता था। इस तरह रात को सोने के वक्त या खाना खाने के वक्त पहुँचता था। मगर फिर मैंने सोचा कि यह अपनी स्त्री के प्रति द्वेष है। अब मैं घर पर ही रहता हूँ और जो कुछ वह कहती है, सहनशीलता से सुनता हूँ। आजकल उसको लड़कियों के ब्याह की चिन्ता है।''

उसकी इन बातों को सुनकर मुझे अचानक याद आया कि मेरे एक मित्र ने किसी एक शख्स का जिक्र किया था जो रात को उठकर गलियाँ धोता है, और दोपहर को बाग में घूमता रहता है। क्या यह वही तो नहीं?

''हाँ, लड़कियों का ब्याह आजकल समस्या बन गई है,'' मैंने कहा।

''समस्या कैसी? आदमी किसी का क्या पालन कर सकता है? मैंने तो कभी चिन्ता नहीं की। संसार में कोई समस्या नहीं, संसार तो एक जलता कुंड है जिसमें हर एक को अपनी आहुति देनी होती है, उसे तो यही देखना है कि उसकी आहुति स्वच्छ हो, आत्मा पर कोई धब्बा न आने पावे।''

अब मैं उसे पहचानने लगा था लेकिन सहसा वह शख्स उठ खड़ा हुआ।

''रात हो रही है, मैं रात के वक्त शहर के बाहर नहीं रहता। अपनी गली में चला जाता हूँ।''

''यह क्यों?''

''रात के अँधेरे में पिशाच और पापी घूमते हैं, और वायुमंडल में अशान्त प्रेतात्माएँ उड़ती हैं। मैं इनकी संगति में नहीं रहना चाहता।''

"आप प्रेतात्माओं को मानते हैं?"

"पाप ही सबसे बड़ी प्रेतात्मा है। पापी लोगों के मरने के बाद उनका पाप जीवित रहता है जो रात के अँधेरे में जाग उठता है, और चक्कर काटता है।"

"लेकिन आपको इसका क्या डर है?"

"नहीं, मुझे कोई डर नहीं, डर कैसा? मेरी दयानतदारी मेरी रक्षा करती है। लेकिन मैं अपनी आत्मा को मलिनता से बचाए रखना चाहता हूँ। अँधेरे में आत्मा पर मलिनता का प्रभाव पड़ता है। मलिनता की छाया से आप भी बचिए। अँधेरे में बाहर न घूमा कीजिए..."

और बिना कुछ कहे-सुने वह विचित्र आदमी मुड़कर चलने लगा और शीघ्र ही चील के दो बड़े-बड़े पेड़ों के नीचे से होता हुआ आँखों से ओझल हो गया।

यदि मेरे मित्र ने मुझे सत्य बताया था तो इन्हीं दो चील के पेड़ों के नीचे इस अभागे से पच्चीस साल पहले एक रात कोई अपराध हुआ था। किस प्रेरणावश वह अपराध हुआ, यह एक व्याकुलता की कहानी है।

शिष्टाचार

जब तीन दिन की अनथक खोज के बाद बाबू रामगोपाल एक नौकर ढूँढ़कर लाए, तो उनकी क्रुद्ध श्रीमतीजी और भी बिगड़ उठीं। पलंग पर बैठे-बैठे उन्होंने नौकर को सिर से पाँव तक देखा, और देखते ही मुँह फेर लिया, "यह बनमानस कहाँ से पकड़ लाए हो? इससे मैं काम लूँगी, या इसे लोगों से छिपाती फिरूँगी?"

इसका उत्तर बाबू रामगोपाल ने अंग्रेजी में दिया, "जानती हो, तलब क्या होगी? केवल बारह रुपए। इतना सस्ता नौकर तुम्हें आजकल कहाँ मिलेगा?"

"तो काम भी वैसा ही करता होगा," श्रीमतीजी अंग्रेजी में बोलीं।

"यह मैं जान जानूँ! नया आदमी है, हाल ही में अपने गाँव से आया है।"

श्रीमतीजी की भँवें चढ़ गईं, "तो इसे काम करना भी मैं सिखाऊँगी? अब मुझ पर इतनी दया करो कि किसी दूसरे नौकर की खोज में रहो। जब मिल जाए तो मैं इसे निकाल दूँगी।"

बाबू रामगोपाल तो यह सुनकर अपने कमरे में चले गए और श्रीमतीजी दहलीज पर खड़े नौकर का कुशल-क्षेम पूछने लगीं। नौकर का नाम हेतू था और शिमले के नजदीक एक गाँव से आया था। चपटी नाक, छोटा माथा, बेतरह से दाँत, मोटे-मोटे हाथ और छोटा-सा कद। श्रीमतीजी ने गलत नहीं कहा था। नाम-पता पूछ चुकने के बाद श्रीमतीजी अपने दाएँ हाथ की उँगली पिस्तौल की तरह हेतू की छाती पर दागकर बोलीं, "अब दोनों कान खोलकर सुन लो। जो यहाँ चोरी-चकारी की तो सीधा हवालात में भिजवा दूँगी। जो यहाँ काम करना है तो पाई-पाई का हिसाब ठीक देना होगा।"

श्रीमतीजी का विचार नौकरों के बारे में वही कुछ था जो अक्सर लोगों का है कि सब मक्कार, गलीज और लंपट होते हैं। किसी पर विश्वास नहीं किया जा सकता। सभी झूठ बोलते हैं, सभी पैसे काटते हैं, और सभी हर वक्त नौकरी की तलाश में रहते हैं, जो मिल जाए तो उसी वक्त घर से बीमारी की चिट्ठी मँगवा लेते

हैं। इसीलिए श्रीमतीजी का व्यवहार नौकरों के साथ नौकरों का-सा ही था। यों भी घर में उनकी हुकूमत थी। जो उन्हें पतिदेव पर गुस्सा आता तो अंग्रेजी में बात करतीं, और जो नौकर पर गुस्सा आता तो गालियों में बात करतीं। दोनों की लगाम खींचकर रखतीं। उनकी तेज नजर पलंग पर बैठे-बैठे भी नौकर के हर काम की जानकारी रखती, कि नौकर ने कितना घी इस्तेमाल किया है, कितनी रोटियाँ निगल गया है, अपनी चाय में कितने चमचे चीनी उँडेली है। जासूसी नॉवलों की शिक्षा के फलस्वरूप उन्हें नौकरों की हर क्रिया में षड्यंत्र नजर आता था।

काम चलने लगा। हेतू कुरूप तो था ही, इस पर उजड्ड और गँवार भी निकला। उसके मोटे-मोटे स्थूल हाथों में काँच के गिलास टूटने लगे, परदों पर धब्बे पड़ने लगे, और घर का काम अस्त-व्यस्त रहने लगा। श्रीमतीजी दिन में दस-दस बार उसे नौकरी से बरखास्त करतीं। पर तो भी हेतू की पीठ मजबूत थी, दिन कटने लगे, और बाबू रामगोपाल की खोज दूसरे नौकर के लिए शिथिल पड़ने लगी। नौकर उजड्ड और कुरूप था, पर दिन में केवल दो बार खाता था, उस पर वेतन केवल बारह रुपए। जो किसी चीज का नुकसान करता तो उसी की तनख्वाह कटती थी। दिन बीतने लगे, हेतू के कपड़े मैले होकर जगह-जगह से फटने लगे, मुँह का रंग और भी काला पड़ने लगा, और गाँव का जाट धीरे-धीरे एक शहरी नौकर में तब्दील होने लगा। इसी तरह तीन महीने बीत गए।

पर यहाँ पहुँचकर श्रीमतीजी एक भूल कर गईं। कहते हैं, स्त्री में संकीर्णता का इलाज पुरुष के पास तो नहीं, पर प्रकृति के पास अवश्य है। श्रीमान् और श्रीमती के एक छोटा-सा बालक था जो अब चार बरस का हो चला था, और प्रथानुसार उसके मुंडन-संस्कार के दिन नजदीक आ रहे थे। चुनाँचे घर में बड़े उत्साह और प्यार से मुंडन की तैयारियाँ होने लगीं। बेटे के वात्सल्य ने श्रीमतीजी की आँखें आटे, दाल और घी से हटाकर रंगबिरंगे खिलौनों और कपड़ों की ओर फेर दीं, शामियाने और बाजे का प्रबन्ध होने लगा। मित्रों-सम्बन्धियों को निमंत्रण-पत्र लिखे जाने लगे, और धीरे-धीरे चाबियों का गुच्छा श्रीमतीजी के दुपट्टे के छोर से निकलकर नौकर के हाथों में रहने लगा।

आखिर यह शुभ दिन भी आन पहुँचा। श्रीमान् और श्रीमती के घर के सामने बाजे बजने लगे। मित्र-सम्बन्धी मोटरों और ताँगों पर बच्चे के लिए उपहार ले-लेकर आने लगे। फूलों, फानूसों और मित्र-मंडली के हास्य-विनोद से घर का सारा वातावरण जैसे खिल उठा था। श्रीमान् और श्रीमती काम में इतने व्यस्त थे कि उन्हें पसीना पोंछने की भी फुरसत न थी।

ऐन उसी वक्त हेतू कहीं बाहर से लौटा और सीधा श्रीमान् के सामने आन खड़ा हुआ।

"हुजूर, मुझे छुट्टी चाहिए, मुझे घर जाना है।"

श्रीमान् इस वक्त दरवाजे पर खड़े अतिथियों का स्वागत कर रहे थे, हेतू के इस अनोखे वाक्य पर हैरान हो गए।

"क्या बात है?"

"हुजूर, मुझे घर से बुलाया है, मुझे आप छुट्टी दे दें।"

'छुट्टी दे दें! आज के दिन तुम्हें छुट्टी दे दूँ?" श्रीमान् का क्रोध उबलने लगा। "जाओ, अपना काम देखो। छुट्टी-वुट्टी नहीं मिल सकती। मेहमान खाना खानेवाले हैं, और इसे घर जाना है!"

हेतू फिर भी खड़ा रहा, अपनी जगह से नहीं हिला। श्रीमान् झुँझला उठे।

"जाते क्यों नहीं? छुट्टी नहीं मिलेगी।"

फिर भी जब हेतू टस-से-मस न हुआ तो श्रीमान् का क्रोध बेकाबू हो गया, और उन्होंने छूटते ही हेतू के मुँह पर एक चाँटा दे मारा।

"उल्लू के पट्ठे, यह वक्त तूने छुट्टी माँगने का निकाला है?"

चाँटे की आवाज दूर तक गई। बहुत-से मित्र-सम्बन्धियों ने भी सुनी, और आँख उठाकर भी देखा, मगर यह देखकर कि केवल नौकर को चाँटा पड़ा है, आँखें फेर लीं।

श्रीमती को जब इसकी सूचना मिली तो वह तो जैसे तन्द्रा से जागीं। हो न हो, इसमें कोई भेद है! मैं भी कैसी मूर्ख हूँ जो इस लंपट पर विश्वास करती रही, और सब ताले खोलकर इसके सामने रख दिये! इसने न मालूम किस-किस चीज पर हाथ साफ किया है, जो आज ही के दिन छुट्टी माँगने चला आया है! भागी हुई बाहर आईं, और बरांडे में खड़ी होकर हेतू को फटकारने लगीं। उन्होंने वह कुछ कहा जो हेतू के कानों ने पहले कभी न सुना था। कुछ एक सम्बन्धी इकट्ठे हो गए, और जलसे में विघ्न पड़ता देखकर श्रीमान् को समझाने लगे।

एक ने हेतू से पूछा, "क्यों, घर क्यों जाना चाहते हो?"

हेतू चुपचाप खड़ा रहा, पहले कुछ कहने लगा, फिर इधर-उधर देखकर रुक गया और बोला, "जी, काम है।"

"क्या काम है?"

हेतू ने फिर धीरे से कह दिया, "जी, काम है।"

इस पर श्रीमती का गुस्सा तो फिर भड़क उठा, मगर बाकी लोग तो बात को निपटाना चाहते थे, हेतू को चुपचाप धकेलकर परे हटा दिया। फिर पति-पत्नी में अंग्रेजी में परामर्श हुआ। आखिर दोनों इसी नतीजे पर पहुँचे कि इस वक्त चुप हो जाना ही ठीक है। मुंडन के बाद इसका इलाज सोचेंगे।

हेतू बजाय इसके कि फिर काम में जुट जाता, बरांडे के एक कोने में जाकर बैठ गया और न हूँ, न हाँ—चुपचाप इधर-उधर ताकने लगा। इस पर श्रीमान् आपे से बाहर होने लगे। पहले तो देखते रहे फिर उसके पास जाकर, उससे कड़ककर बोले, "काम करेगा या मैं किसी को बुलाऊँ?"

हेतू ने फिर वही रट लगाई, "साहब, मुझे जाने दो, मैं जल्दी लौट आऊँगा, मुझे काम है।"

आखिर जब जलसे में बहुत-से लोगों का ध्यान उसी तरफ जाने लगा तो दो-एक मित्रों ने सलाह दी कि उसका नाम-पता लिख लिया जाए, उसकी तनख्वाह रोक ली जाए और उसे जाने दिया जाए। चुनाँचे श्रीमान् ने अपनी डायरी खोली, उस पर हेतू का पूरा पता लिखा, नीचे अँगूठा लगवाया, और धक्के मारकर बाहर निकाल दिया।

दूसरे दिन श्रीमती ने अपना एक-एक ट्रंक खोलकर अपनी चीजों की पड़ताल शुरू की—अपने जेवर, सिल्क के जड़ाऊ सूट, चाँदी के बटन, एक-एक करके जो याद आया, गिन डाला। मगर बड़े घरों में चीजों की सूची कहाँ होती है और एक-एक चीज किसे याद रह सकती है! श्रीमती जल्दी ही थककर बैठ गईं।

"तुमने उसे जाने क्यों दिया? कभी कोई नौकरों को यूँ भी जाने देता है? अब मैं क्या जानूँ, क्या-क्या उठा ले गया है?"

"जाएगा कहाँ, उसकी तीन महीने की तनख्वाह मेरे नीचे है।"

"वाह जी, सौ-पचास की चीज ले गया तो बीस रुपए तनख्वाह की वह चिन्ता करेगा?"

"तुम अपनी चीजों को अच्छी तरह देख लो। अगर कोई चीज भी गायब हुई तो मैं पुलिस में इत्तला कर दूँगा। मैंने उसका पता-वता सब लिख लिया है।"

"तुम समझे बैठे हो कि उसने तुम्हें पता भी ठीक लिखवाया होगा?"

महीना-भर बीत गया। हेतू की कोई खबर न मिली। उसकी जगह एक दूसरा नौकर आ गया और घर का काम पहले की तरह चलने लगा। जब श्रीमतीजी को कोई चीज न मिलती तो वह हेतू को गालियाँ देतीं। पर श्रीमान् धीरे-धीरे दिल-ही-दिल में अफसोस करने लगे। कई बार उनके जी में आया कि उसके पैसे मनीऑर्डर कराके भेज दें मगर फिर कुछ श्रीमती के डर से, कुछ अपने सन्देह के कारण, रुक जाते।

एक दिन, शाम का वक्त था। श्रीमान् थके हुए दफ्तर से घर लौट रहे थे, जब उनकी नजर सड़क के पार एक धर्मशाला के सामने खड़े हुए हेतू पर पड़ गई। वही फटे हुए कपड़े, वही शिथिल कुरूप चेहरा। उन्हें पहचानने में देर नहीं लगी। झट से सड़क पार करके हेतू के सामने जा खड़े हुए, और उसे कलाई से पकड़ लिया।

"अरे, तू कहाँ था इतने दिन? गाँव से कब लौटा है?"

"अभी-अभी लौटा हूँ साहब," हेतू ने जवाब दिया।

"काम कर आया है अपना?"

हेतू ने धीरे से कहा, "जी।"

"कौन-सा ऐसा जरूरी काम था जो जलसेवाले दिन भाग गया?"

हेतू चुप रहा।

"बोलते क्यों नहीं, क्या काम था? मैं कुछ नहीं कहूँगा, सच-सच बता दो।"

सहसा हेतू की आँखों में आँसू आ गए। होंठ बात करने के लिए खुलते, मगर फिर बन्द हो जाते। बार-बार आँसू छिपाने का यत्न करता मगर आँखें ऐसी छलक आई थीं कि आँसुओं को रोकना असम्भव हो गया था।

बाबू रामगोपाल पसीज उठे।

"क्यों, क्या बात है?" उसका कन्धा सहलाते हुए बोले।

"जी, मेरा बच्चा मर गया था," लड़खड़ाती हुई आवाज में हेतू ने कहा।

बाबू रामगोपाल को सुनकर दुःख हुआ। थोड़ी देर तक चुपचाप खड़े उसके मुँह की ओर देखते रहे, फिर बोले, "मगर तुमने उस वक्त कहा क्यों नहीं? तुमसे बार-बार पूछा गया मगर तुम कुछ भी न बोले?"

हेतू ने धीरे से कहा, "जी, वहाँ कैसे कहता?"

"क्यों?"

"खुशीवाले घर में यह नहीं कहते। हमारे में इसे बुरा मानते हैं।"

और श्रीमान् स्तब्ध और हैरान उस उजड्ड, गँवार के मुँह की ओर ताकने लगे।

अनोखी हड्डी

'स्वर्णदेश' के महाराज उदयगिरि पचास वर्ष की अवस्था तक पहुँचते-पहुँचते महाराजाधिराज हो गए। देश-देशान्तरों में उनकी विजय-पताका लहरा चुकी थी; उनके पराक्रम का कोई पारावार न था। अनेक बन्दी राजा, महाराज के दुर्ग में, अपने जीवन के अन्तिम दिन अँधेरी दीवारों को देखते हुए काट रहे थे; और उन्हीं के राज्यों की अनेक सुन्दर रमणियाँ, महाराज के अन्त:पुर की शोभा बढ़ा रही थीं। जब भी महाराज की सेना किसी राज्य को रौंदकर लौटती, तो उनकी विपुल स्वर्ण-राशि और भी बढ़ उठती, और उनके स्वर्ण-मुकट में नए-नए स्फटिक चमकने लगते। पर महाराज की आँखें अब भी क्षितिज पर अटकी हुई थीं।

वर्षा ऋतु के अन्तिम दिन थे। महाराज अपने मंत्रियों के साथ, अपने राज्य के उत्तरी पर्वतों पर आखेट खेल रहे थे। दोपहर ढल रही थी जब महाराज एक नव-वयस्क हिरन का पीछा करते हुए अपना रास्ता भटक गए। आखेट की उत्तेजना में वह मीलों की दूरी तक अपना घोड़ा दौड़ाते चले गए। पर हिरन का कुछ पता न चला। जंगल की सीमा आन पहुँची, और महाराज थककर एक पेड़ के नीचे खड़े हो गए। पर दूसरे ही क्षण महाराज ने आँख उठाकर देखा तो पुलकित हो उठे। ढलते सूर्य के रंजित प्रकाश में, सामने एक वृहदाकार पर्वत, अपना गर्वपूर्ण माथा ऊँचा किए खड़ा था; और उसके पाँव पर एक विशाल नीली झील बिछी थी। झील इतनी स्वच्छ और निर्मल थी, मानो प्रकृति के अथाह सौन्दर्य को प्रतिबिम्बित करने का दर्पण हो! पहाड़ की तलाइयाँ देवदारु के वृक्षों से लदी पड़ी थीं। दाईं ओर की तलाई पर एक छोटा-सा नगर बसा हुआ था, जिसके घरों की छतें, सायंकाल के धुँधले प्रकाश में, दूर तक फैली हुई नजर आ रही थीं।

महाराज इस सुनहरे दृश्य को एकटक देख रहे थे, जब उनके साथी उन्हें ढूँढ़ते हुए आन पहुँचे।

''मैं न जानता था कि मेरे राज्य में ऐसे सुन्दर प्रदेश भी मौजूद हैं,'' महाराज ने कहा।

इस पर महामंत्री ने हाथ बाँधकर धीरे से उत्तर दिया, "महाराज, यह प्रदेश आपकी राज्य-सीमा से बाहर है। आपकी राज-सत्ता यहाँ पर समाप्त हो जाती है, जहाँ पर महाराज खड़े हैं।"

"तो क्या यह प्रदेश मेरे राज्य का अंग नहीं है?"

"नहीं महाराज, यह एक छोटा-सा स्वाधीन देश है, जिसके लोग मछलियाँ पकड़कर अपना निर्वाह करते हैं।"

महाराज के मन में एक गहरी टीस उठी, और उनकी आँखें ईर्ष्या से विचलित हो उठीं, "यह मेरे राज्य का अंग नहीं है..." फिर अपने हाथों की उँगलियाँ एक मुट्ठी में समेटते हुए दृढ़ निश्चय से बोले, "आज ही लौटकर सेना को तैयार करो, महामंत्री, मैं स्वयं इस प्रदेश पर चढ़ाई करूँगा। मेरे राज्य की सीमा अब वह पर्वत-शिखर होगा," कहते हुए महाराज वहाँ से लौट पड़े।

इस सुन्दर साक्षात् के बाद अभी दस दिन भी न बीत पाए थे कि वह शान्त वनस्थली सैनिकों के सिंहनाद से गूँजने लगी। जंगलों के हिंसक पशु भी महाराज के पराक्रम के सामने त्रस्त होकर भाग उठे। झील की शान्त जलराशि, जिस पर पहले गाते हुए माहीगीर मछलियाँ पकड़ते थे, अब उन्हीं के खून से लाल होने लगी। महाराज के वीर सैनिकों की बाण-वर्षा पेड़ों और पत्थरों को भी क्षत-विक्षत करने लगी।

तीन दिन बीत गए। महाराज की सेना झील पार करके नगर की दीवारों तक जा पहुँची। पर तो भी माहीगीरों ने हथियार नहीं डाले। रात के समय, जहाँ महाराज की सेना में विजय का कोलाहल होता, वहाँ नगर पर मरघट की-सी स्तब्धता छा जाती। कहीं पर कोई टिमटिमाता दीपक भी नजर न आता। माहीगीर दिन-भर लड़ते, रात को अपने मृत सम्बन्धियों को ठिकाने लगाते, और जब इस कराल अन्धकार में उन्हें आशा की कोई रेखा नजर न आती तो वह अपनी जननी-माता धरती को हाथ लगाकर, अपने प्राणों की बलि दे देने की शपथ ले लेते।

प्रातःकाल का समय था। महाराज अपने शिविर में बैठे, अपने मंत्रियों के साथ नए आक्रमण का आयोजन कर रहे थे, जब द्वारपाल ने आकर प्रणाम किया, "महाराज, एक आदमी द्वार पर खड़ा आपसे मिलना चाहता है।"

"कौन है?"

"कोई बूढ़ा आदमी है, महाराज!"

"कोई राजदूत होगा," एक मंत्री ने कहा।

"या छद्मवेश में कोई सैनिक होगा," दूसरे मंत्री ने कहा।

"उसके पास कोई अस्त्र नहीं महाराज, वह बहुत बूढ़ा है, और लाठी के सहारे बड़ी कठिनता से खड़ा हो पाता है।"

महाराज ने प्रवेश की स्वीकृति दे दी। और थोड़ी देर बाद एक वृद्ध पुरुष एक

लम्बा, मैला-सा चुगा पहने, अवस्था के बोझ के नीचे दबा हुआ, लाठी पर झुककर चलता हुआ, महाराज के सामने आ खड़ा हुआ।

"क्या है, वृद्ध? तुम कौन हो? मेरे पास समय बहुत थोड़ा है।"

बूढ़ा नमस्कार करते हुए बोला, "महाराज, समय तो मेरे पास भी बहुत थोड़ा है। महाराज के यश और कीर्ति से चारों दिशाएँ गूँज रही हैं। मरने से पहले आपके दर्शनों की लालसा लिये चला आया हूँ।"

महाराज थोड़ी देर तक चुप बैठे रहे, फिर धीरे से बोले, "शत्रु-देश से आए हो, वृद्ध?"

"नहीं महाराज, मैं आप ही के राज्य का सेवक हूँ। यहाँ से थोड़ी दूर झील के किनारे मेरा झोंपड़ा है।"

महाराज ने फिर धीरे से पूछा, "तुम क्या चाहते हो, वृद्ध?"

"दान-दक्षिणा का प्रार्थी बनकर आया हूँ, महाराज! युद्ध के कारण मेरा काम बन्द हो गया है।" यह कहते हुए उसने लम्बे वस्त्र की जेब में हाथ डाला, और एक छोटी-सी सफेद हड्डी का टुकड़ा निकालते हुए बोला, "मुझे केवल इस हड्डी के तुल्य सोना दे दिया जाए, महाराज, मुझे और कुछ नहीं चाहिए।"

महाराज ने हड्डी को देखा—नाखुन से बड़ी वह हड्डी न थी, और उसे देखकर अकस्मात् हँसने लगे, "वृद्धावस्था में लोग पागल हो जाते हैं। इस हड्डी के तुल्य तो कण-भर सोना भी न आएगा, वृद्ध!"

"मेरे लिए वह भी निधि के समान होगा, महाराज," वृद्ध ने कहा।

महाराज ने हँसते हुए तुला मँगवाने का आदेश दिया, और अपने पास पड़े हुए चाँदी के थाल में से दो-स्वर्ण-मुद्राएँ उठाकर वृद्ध की ओर फेंकीं, "इनके साथ हड्डी को तौल लो, वृद्ध," और फिर काम में लग गए।

तुला आई। एक पलड़े में हड्डी का टुकड़ा रखा गया, दूसरे में दो मुद्राएँ। पर जब मंत्री ने तौला तो हड्डी का टुकड़ा भारी निकला। महाराज लज्जित हुए, और फौरन ही दो मुद्राएँ और निकालकर तुला में डाल दीं। याचक की प्रार्थना भले ही छोटी हो, पर दानी के दान में उदारता होनी चाहिए।

पर हड्डी का पलड़ा फिर भी भारी निकला।

महाराज हैरान हुए, और तुला में से हड्डी को निकालकर देखने लगे। फिर उत्तेजित हाथों से चाँदी के थाल में से एक साथ मुट्ठी-भर मुद्राएँ निकालकर तुला में डाल दीं, और तुला को अपने हाथ में लेकर स्वयं तौलने लगे।

पर पहले की तरह हड्डी का पलड़ा अब भी भारी निकला।

सब दरबारी चकित हो पास आ गए। वृद्ध हाथ बाँधकर बोला, "महाराज, मैं अपनी हड्डी को वापस लेता हूँ। शायद आपके पास इसके बराबर सोना दान के लिए नहीं है।"

महाराज इस अपमान को सहन न कर सके। एक बड़ी तुला को लाने का आदेश दिया, और हड्डी को उठाकर बार-बार मसलकर देखने लगे। बड़ी तुला आई, और उसमें एक तरफ यह तुच्छ-सी सफेद हड्डी, और दूसरी तरफ चमकती मोहरों से भरा सारा का सारा थाल उँडेल दिया गया।

पर हड्डी का पलड़ा ज्यों-का-त्यों भारी निकला।

"यह जादू की हड्डी है वृद्ध, तुम मेरा अपमान करने आए हो!" महाराज की आँखें दम्भ और क्रोध से लाल हो उठीं। न वह हड्डी को बाहर फेंक सकते थे, न ही उसके बराबर सोना जुटा सकते थे।

इससे भी बड़ी तुला मँगवाई गई। मोहरों के स्थान पर सोने की ईंटें रख दी गईं।

पर नन्ही-सी सफेद हड्डी फिर भी भारी निकली!

एक पागल जुआरी की तरह महाराज उस तुला पर अपनी स्वर्ण-राशि लुटाने लगे। दरबारी चित्रवत् खड़े इस अनोखे व्यापार को देख रहे थे। महाराज के माथे पर पसीने के बिन्दु नजर आने लगे।

वृद्ध पास खड़ा धीरे से बोला, "महाराज उदयगिरि, आपका राज्य बहुत विशाल है, पर आपके राज्य की धनराशि तो क्या, संसार-भर के राज्यों में इसकी तुलना का सोना न मिल सकेगा।"

महाराज की साँस फूली हुई थी। वृद्ध की ओर देखकर बोले, "क्या कहा, वृद्ध ?"

वृद्ध ने सिर झुकाकर कहा, "हाँ, महाराज, संसार के सात सिन्धुओं का पानी भी यदि सोना बनकर आ जाए तो इस हड्डी की प्यास को न बुझा पाएगा।"

महाराज चुप हो गए और एकटक वृद्ध के चेहरे की ओर देखने लगे। फिर धीरे से बोले, "क्या बात है वृद्ध, इस हड्डी का क्या भेद है ?"

"यह कामना की हड्डी है, महाराज! इसकी प्यास सदा बढ़ती है, बुझती नहीं।"

महाराज विस्मय में आ गए। उनकी गम्भीर मुद्रा पर आवेश के स्थान पर पराजय और चिन्ता के भाव नजर आने लगे। उनकी आँखें वृद्ध के चेहरे पर से हटकर उस अनोखी हड्डी पर आ गईं, "तो वृद्ध, क्या संसार-भर की धनराशि इस हड्डी से हल्की ही रहेगी ?"

"हाँ, महाराज," वृद्ध ने कहा, फिर धीरे से बोला, "इस माहीगीर नगरी का धन तो इसके पलड़े को छू तक न पाएगा।"

"तो वृद्ध, क्या इस हड्डी की तुलना संसार की कोई भी वस्तु नहीं कर सकती ?"

वृद्ध मुस्कराया, फिर धीरे से अपने पास खड़े एक सैनिक के हाथ में से उसकी कटार ले ली, और दूसरे ही क्षण अपने हाथ को जख्मी कर लिया।

"यह तुमने क्या किया वृद्ध? अपना हाथ काट लिया?" महाराज ने हैरान होकर पूछा।

वृद्ध ने अपने जख्मी हाथ पर से टपकते हुए लहू की एक बूँद तुला में डाल दी। देखते-ही-देखते, हड्डी का पलड़ा ऊँचा उठने लगा, और खून की बूँद भारी हो उठी।

"महाराज, मेरे बूढ़े लहू में तो कोई स्पन्दन नहीं, कोई जीवन नहीं, पर एक युवक का लहू, या एक सरल बालक के शरीर का लहू तो अपने स्पर्शमात्र से हड्डी को हिला देगा।"

महाराज विचलित हो उठे, और चुपचाप शिविर में से बाहर निकलकर झील के सामने आ खड़े हुए। बाणों की वर्षा अब भी उसी वेग से चल रही थी, और नगर की ओर से युद्ध से हाहाकार पहले से भी अधिक ऊँची हो उठी थी। चुपचाप खड़े महाराज, बड़ी देर तक कभी हड्डी को और कभी झील के रक्तरंजित पानी को देखते रहे।

कहते हैं, दूसरे दिन प्रात: जब युद्ध की दुंदुभि बजने का समय हुआ, तो माहीगीरों ने देखा कि महाराज उदयगिरि की सेनाएँ वापस लौट रही हैं, और वनों में से भागे हुए पशु-पक्षी फिर वापस लौटने लगे हैं।

तमगे

अपनी सुशिक्षिता, सुचारु भौजाई से एक दिन पूछा, "भौजी, अगर जंग छिड़ गई तो क्या होगा?"

तो विमुखता से मुँह टेढ़ा करके बोलीं, "मैं तो कहती हूँ, एक बार दोनों तरफ जी खोलकर लड़ लें, यह रोज की चिख-चिख जो अखबारों में पढ़ते हैं, वह तो खत्म होगी।" एक ही वाक्य में उन्होंने अपना फैसला कह सुनाया।

फिर एक रोज, अपने पड़ोसी, शान्तमुख, श्वेतवसन, पुराने देशसेवक श्री दौलतरामजी बाली से यही प्रश्न जो पूछा, "बालीजी, जंग के बादल फिर गरजने लगे हैं, जो जंग छिड़ गई तो क्या होगा?" तो वह सज्जन चलते-चलते रुक गए, और अपने बाएँ हाथ की उँगली पहले आसमान की तरफ, फिर मेरी तरफ हिलाते हुए बोले, "याद रखो, दो चीजों पर इनसान का कोई बस नहीं—एक जंग और दूसरी मौत। जो जंग होगी तो होगी, जो नहीं होगी तो नहीं होगी, हम-तुम कुछ नहीं कर सकते।"

इसी तरह यह प्रश्न तरह-तरह के लोगों से पूछने के बाद एक दिन मैंने अपनी माँ से भी जा पूछा, जो न सुशिक्षिता हैं, न देशसेविका। वह चुपचाप मेरे मुँह की ओर देखने लगीं, और फिर बोलीं, "तुम राजो को भूल गए हो?"

"राजो! कौन राजो?" मैंने हैरान होकर पूछा।

"राजो, जिसने तुम्हें एक तमगा दिया था?"

क्षण-भर में मेरी आँखों के सामने राजो धोबन का ऊँचा कद और लाल दमकता हुआ चेहरा याद हो आया, और फिर वह सारी वार्ता याद हो आई जो आज से लगभग तीस वर्ष पहले घटी थी, जब मैं छोटा-सा लड़का था। राजो धोबन ने मुझे एक चमकता हुआ सफेद तमगा दिया था, जिस पर शाह जार्ज पंचम की तस्वीर थी।

मैं चुप रहा, कुछ कहने का साहस न हुआ। मैं अपनी माँ का अभिप्राय कहाँ तक समझा सकूँगा, कह नहीं सकता, परन्तु उस वार्ता का कुछ हिस्सा जरूर सुनाना चाहता हूँ जिसमें मुझे वह तमगा मिला था।

दरअसल वह तमगा मेरे लिए नहीं था; वह तमगा राजो धोबन के बेटे मीरजमान का था, जो पहली जंग में सिपाही बनकर गया था।

उन दिनों मैं बहुत छोटा था और मेरी याद उस जंग के बारे में बड़ी धूमिल और अस्पष्ट है। केवल इतना याद है कि मैंने कई बार गोरा फौज देखी थी जो कभी-कभी हमारे घर के नजदीक जर्नेली सड़क पर से गुजरती थी; और हम मोहल्ले के लड़के उसे देखते न थकते थे। जब फौज चलती तो सब फौजियों के पाँव एक साथ उठते जिससे तलवों की एक लम्बी सफेद रेखा खिंच जाती, जो हर क्षण बुझती और फिर बन जाती थी। इसी तरह उनके सफेद हाथों की रेखा बनती और बुझती थी। पर जंग के खात्मे तक मैं कुछ बड़ा हो गया था, और मोहल्ले के जीवन को थोड़ा पहचानने लगा था।

हम जिस मोहल्ले में रहते थे, वहाँ अधिकतर कच्चे मिट्टी के मकान थे जिनमें ताँगा हाँकने वाले छाछी लोग रहा करते थे। रोज शाम को वे लोग सड़क के किनारे खाटें बिछा लेते और हुक्के का दम लेते हुए आपस में जंग की बातें किया करते। उन्हीं के वार्तालाप में पहली बार मैंने मिस्र, ईरान, बसरा, इटली और फ्रांस के नाम सुने थे। इन्हीं के बहुत-से सम्बन्धी, कुछ मोहल्ले में से, कुछ मसियाड़ी, नूरपुर वगैरह गाँव में से फौज में गए हुए थे। और अब जंग के खात्मे पर वे एक-एक करके लौट रहे थे। कभी कोई जहाज हिन्दुस्तान के किसी दूरवर्ती बन्दरगाह पर लंगर डालता तो हमारे मोहल्ले की चहल-पहल बढ़ जाती। फिर एक दिन मिठाइयाँ बँटने लगतीं, किसी-किसी घर में ढोलक बजती, और कुछ दिनों के बाद दो-तीन जवान, मूँछों को ताव दिये हुए, तुर्रे हवा में लहराते हुए, मोहल्ले में घूमते हुए नजर आते, मोहल्ले-भर के बुजुर्गों के पाँव छूते, सम्बन्धियों से बगलगीर होते और शाम के वक्त खाटों पर आ बैठते और अपनी-अपनी जंग की कहानियाँ कहते। या फिर किसी-किसी रात ऊँचा-ऊँचा रोने और चिल्लाने की आवाजें आने लगतीं, और मोहल्ले-भर में खबर घूम जाती कि फलाँ घर का आदमी जंग में मारा गया है। वही औरतें जो एक घर में ढोलक बजाने जातीं, वही अपने बुरके पहने, दूसरे घर में शोक मनाने चली जातीं।

देखते-ही-देखते हमारे मोहल्ले का वातावरण बदलने लगा था। बूढ़ा फैजअली लौटकर आया; जिसने अपनी सारी पोशाक बदल ली, मगर सिर पर की नीली और सफेद पगड़ी नहीं उतारी, क्योंकि वह हुजूर गवर्नर बहादुर की बग्घी का पियादह रह चुका था, और यह उसकी वर्दी की पगड़ी थी। हमारा पड़ोसी जलालखान सूबेदार बनकर लौटा। जब वह लौटा तो लोग उसके बारे में जंग से भी ज्यादा चर्चा करने लगे। मेरे दोस्त कहते कि जलालखान ऊँटों पर रुपयों के बोरे लादकर लाया है। कोई कहता, जलालखान फौजी नहीं, डाकू है। मगर सब-के-सब उससे खम खाते थे क्योंकि हर तीसरे दिन उसे दो खच्चरोंवाली एक बग्घी छावनी ले जाती

थी, जिस पर वह हुजूर डिप्टी कमिश्नर साहब बहादुर को सलाम करने जाता था। वह जंग में से बहुत अमीर होकर लौटा था। लोग कहते, यह सब भरती का रुपया है। जलालखान को सिपाही भरती करने के फी आदमी दो-दो रुपए मिलते थे। कोई कुछ कहता, कोई कुछ। चन्द ही दिन बाद उसने हमारी गली के बाहर एक नीले रंग का लोहे का फट्टा लगवा दिया जिस पर सफेद अक्षरों में लिखा : 'कूचा सरदार जलालखान'।

इसी तरह मेरे मासड़ फ्रांस से लौटकर आए, और अपने साथ फौजी वर्दी में खिंचवाई हुई तीन तस्वीरें भी लाए। कोई फौजी बसरे की बात कहता और कोई मिस्त्र की। गलियों में लड़के अपनी फौजे बना-बनाकर फ्रांस और जर्मनी की लड़ाई का खेल खेलने लगे थे।

एक-एक करके बहुत-से फौजी लौटकर आ गए, मगर राजो धोबन का बेटा मीरजमान लौटकर नहीं आया। मैं अब समझ सकता हूँ कि क्यों राजो धोबन हर रोज कई-कई घंटे तक हमारी माँ से बातें किया करती थी, क्यों दोनों जलालखान को 'मुआ कसाई' कहकर पुकारती थीं, और क्यों राजो धोबन जब मुझे देखती तो मेरे सिर पर बार-बार हाथ फेरकर मुझे चिरायु होने की दुआएँ दिया करती थी।

राजो की उम्र उस वक्त कोई चालीस वर्ष की होगी। वह एक मुसलमान बेवा थी। उसका खाविन्द करीमबख्श एक इमारती राजमिस्त्री था जो एक दिन बनते मकान की छत पर से गिरकर मर गया था, और उसके मरने के बाद राजो ने कपड़े धोने का काम शुरू कर दिया था। उसका बेटा मीरजमान कपड़ों की गठरियाँ एक गधे पर लादकर रोज नदी पर जाया करता था। मीरजमान को मोहल्ले में सब लोग जानते थे क्योंकि वह मोहल्ले-भर का सबसे शैतान लड़का समझा जाता था। मोहल्ले का कोई ताँगा न था जिस पर वह कूदकर न चढ़ा हो; कोई दीवार न थी जो उसने न फाँदी हो; कोई बुर्केवाली औरत न थी, जिसकी गालियाँ उसने न सुनी हों। शाम के वक्त जब हम अपने-अपने घरों को चले जाते तो वह गलियों में गाता हुआ घूमता। उस वक्त मेरी माँ, अपने दाँतों तले जबान काटकर, मुझे अपने कान बन्द कर लेने को कहतीं, क्योंकि मीरजमान इश्किया टप्पे गाया करता था। जब वह 'दन्द मोतियाँ दे दाणे...' गाता हुआ हमारे घर के सामने से गुजरता, तो मेरे हाथ तो जरूर मेरे कानों को बन्द कर लेते, मगर मेरा दिल उसकी ताल के साथ ताल मिलाया करता। हम सब मोहल्ले के लड़कों को मीरजमान के गाए हुए गीत 'बालो' से लेकर 'बलिए' तक कंठस्थ हो गए थे। फिर न मालूम कब मीरजमान फौज में भरती होकर हमारे मोहल्ले में से चला गया, और किस लालच में आकर राजो ने उसे घर से भेज दिया, पर अब मेरी माँ और राजो धोबन बड़ी अधीर होकर उसकी बातें किया करतीं।

उन्हीं दिनों एक छोटी-सी घटना घटी जिसने राजो को और भी अशान्त कर दिया। एक दिन रात के वक्त हमारे मोहल्ले में शोर होने लगा, और ऊँची-ऊँची

आवाजें आने लगीं। और एक आदमी, जो अँधेरे में नजर न आता था, जलालखान के घर के सामने ललकारता और गालियाँ बकता हुआ, बार-बार एक कुल्हाड़े के साथ, उसके घर के दरवाजे को तोड़ने लगा। जलालखान के घर में अँधेरा था, और न मालूम वह घर में था या नहीं। फिर बहुत-से लोग इकट्ठे हो गए और शोर धीरे-धीरे खत्म हो गया और वह आदमी भी चला गया। बाद में हमें मालूम हुआ कि वह आदमी गुजरखान से आया था। उसका भाई जंग में मारा गया था और उसका सन्ताप और गुस्सा वह जलालखान पर निकालने आया था, क्योंकि जलालखान ने जबरन उसे भरती करवाया था।

अब सोच सकता हूँ कि राजो धोबन के दिल पर उन दिनों क्या गुजरती होगी। मोहल्ले में सब लोग उसे दिलासे देते। कोई कहता कि उसने मीरजमान को बसरे में देखा था। कोई कहता, फ्रांस में, जहाँ दरिया के किनारे उसकी पलटन का कैम्प था। मगर राजो माँ थी और माँ अपने पास सोए हुए बच्चे को देखती हुई भी अशान्त रहती है, पाँच साल से बिछुड़े हुए जवान बेटे का सोचकर कैसे सब्र-सन्तोष से रह सकती थी ? जिस तरह एक यंत्र का चलन एक सुई पर अटका रहता है, राजो का जीवन-व्यवहार, सारी चिन्ताएँ, सारी आशाएँ मीरजमान पर अटकी हुई थीं। जो वह लोगों के घरों में काम करती तो उसी के लिए, जो वह दिन में पाँच बार नमाज पढ़ती तो भी उसी के लिए, और जो वह राह जाते बालकों के लिए चिरायु होने की दुआ करती तो भी उसी के लिए। मीरजमान के नाम को कलेजे से लगाए वह जी रही थी।

फिर एक दिन राजो दौड़ी-दौड़ी हमारे घर आई और आते ही माँ के गले से लिपट गई। मीरजमान वापस लौट रहा था। उसे छावनी से चिट्ठी आई थी, जिसे वह हाथों में उठाए हुए थी। आज भी मुझे राजो का चेहरा स्पष्ट याद है, जो उन सर्दी के दिनों में भी पसीने से तर था और राजो की आँखों से खुशी के आँसू बह रहे थे। बार-बार राजो चिट्ठी को छाती से लगाती, उसे चूमती, अपनी आँखें पोंछती, और बार-बार माँ से लिपट जाती। शाम तक हमें ताँगेवालों की बैठक में से मालूम हो गया कि मीरजमान का जहाज अदन की बन्दरगाह से चल चुका है; और वह बड़े दिनों में कराची पहुँचेगा और नए साल की परेड पर उसे बहादुरी का तमगा मिलेगा, क्योंकि उसने जंग में किसी अंग्रेज अफसर की जान बचाई है। उस दिन सारी शाम हुक्के के धुएँ में मीरजमान की चर्चा होती रही। राजो ने मेरे हाथ चार आने पैसे देकर भेजा कि फैजअली को देकर कहो कि सबको कहवा पिलाए। लोग तरह-तरह के अनुमान लगा रहे थे। कोई कहता, मीरजमान को ऊँचा दर्जा देकर फौज में रखेंगे। कोई कहता, पेंशन देकर बरखास्त कर देंगे। कोई कहता, सात रुपए पेंशन होगी। कोई कहता, ग्यारह रुपए। फैजअली बार-बार अपनी दाढ़ी पर हाथ फेरकर कहता, 'इंसाफ देखा है तो अंग्रेज का। धोबन के बेटे को सरकार तमगा देगी।'

राजो खुशी से बावली हो रही थी। हमारे घर के नजदीक एक मस्जिद थी जहाँ उसने एक दिन भिखमंगों को खाना खिलाया। एक दिन एक हमसाए की बेटी अकराँ नाम की लड़की को माँ के पास पकड़कर ले आई और उसकी ठुड्डी पकड़कर बार-बार उसका चेहरा दिखाती हुई कहने लगी, 'मैं इसके साथ अपने मीरजमान का ब्याह करूँगी, तुम्हें पसन्द है?' अकराँ कोई तेरह-चौदह बरस की लड़की होगी जो हाल ही में, मोहल्ले के लड़कों के साथ खेलना छोड़कर घर के पर्दों के पीछे जा छिपी थी।

नया साल आया। अभी प्रभात भी न फूट पाई थी, और जमीन पर कोहरा और हवा में धुन्ध छाई हुई थी जब छावनी से तोपों की आवाज आने लगी। मैं कोहरे में ठिठुरता हुआ घंटा-भर मासड़जी के मकान के बाहर खड़ा रहा ताकि मैं भी परेड देखने जा सकूँ। जब मैं उनके साथ गली में से बाहर आया, तो जलालखान के घर के सामने वही दो खच्चरोंवाली बग्घी खड़ी थी, और उसमें जलालखान के साथ फैजअली, और अपनी जर्द और लाल रंग की ओढ़नी में मुँह-सिर लपेटे राजो धोबन भी बैठी थी। जलालखान ने हमें भी बग्घी में बिठा लिया और हम परेड के मैदान की ओर जाने लगे।

किन-किन रास्तों पर से होते हुए हम परेड ग्राउंड के पास पहुँचे, मुझे याद नहीं। मगर दिन चढ़ रहा था जब छावनी के बड़े मैदान के पास हमारी बग्घी खड़ी हुई। खचाखच लोगों की भीड़ मैदान के बाहर जमा हो रही थी, क्योंकि हमारे शहर में नए साल की परेड देखने सब छोटे-बड़े जाया करते थे। मैदान के बाहर लम्बी काँटेदार तार लगी थी, और तार के पीछे एक ऊँचा, पीले और नीले रंग का शामियाना खड़ा था। जलालखान हमें उस शामियाने की तरफ ले गया। शामियाने के बाहर गेट पर राजो को एक सिपाही ने रोक लिया, जिस पर राजो ने अपने आँचल में बँधी हुई सरकारी चिट्ठी खोलकर उसके हाथों में दे दी।

'तुम्हारा बेटा है मीरजमान?'

'जी।'

'अदन के जहाज पर आया है?'

'जी।'

फिर फौजी ने फैजअली से पूछा, 'इसे क्यों साथ लाए हो?'

'यह चिट्ठी जो इसे मिली है,' फैजअली ने जवाब दिया।

फौजी चुप रहा, मगर एकटक राजो के चेहरे की तरफ देखता रहा, 'उसकी परेड यहाँ पर नहीं है, पिछली बैरकों में है।'

'बैरकों में! किस तरफ?' फैजअली ने पूछा।

इसके बाद इस ग्राउंड के पीछे, बैरकों के झुरमुट में से निकलते हुए हम एक लम्बे हॉल में जा पहुँचे, जिसकी छत पर अनेक रंग-बिरंगे झंडे टँगे हुए थे और

दीवारों पर तरह-तरह के चित्र टँगे हुए थे। हॉल में कुर्सियों पर पहले ही से लोग बैठे थे और हॉल के बीचोबीच एक चौड़ा रास्ता बना हुआ था जिस पर कई फौजी वर्दी पहने हुए खड़े थे। जब से राजो छावनी में पहुँची थी, उसकी आँखें हर तरफ मीरजमान को ढूँढ़ रही थीं। कोई वर्दीवाला जवान सिपाही न था जिसे उसने घूर-घूरकर न देखा हो।

फिर हॉल में एकदम सन्नाटा छा गया और लोग उठ खड़े हुए। हम लोग हॉल की दीवार के साथ खड़े थे, केवल जलालखान हमसे अलग हॉल में एक कुर्सी पर जा बैठा था। हमने देखा, सामने एक ऊँचे प्लेटफार्म पर एक अंग्रेज अफसर आन खड़ा हुआ है। उसकी वर्दी पर जगह-जगह लाल रंग की टुकड़ियाँ लगी थीं और कनपटियों पर के बाल सफेद हो रहे थे और उसकी छाती पर बहुत-से तमगे चमक रहे थे। जहाँ पर वह खड़ा था, वहाँ पर एक छोटी-सी मेज रखी थी, जिस पर हरे रंग का कपड़ा बिछा हुआ था और छोटे-छोटे चमकते हुए तमगे रखे थे।

अंग्रेज अफसर ने कुछ कहा, जो लोगों ने बड़े ध्यान से सुना और उसके बाद हॉल में तालियाँ पिटीं। मगर उसके फौरन ही बाद फिर हॉल में सन्नाटा छा गया और हॉल में बैठे हुए लोग मुड़-मुड़कर हॉल के पिछले दरवाजे की ओर देखने लगे। थोड़ी देर में हॉल के पीछे से हल्की-हल्की आवाज आने लगी, जैसे कोई फर्श पर लोहे का टुकड़ा रगड़ रहा हो! इतने में पिछले दरवाजे में से दो गोरे सिपाही अन्दर दाखिल हुए और धीरे-धीरे प्लेटफार्म की ओर बढ़ने लगे। उनके फौरन ही पीछे एक बड़ा-सा पलंग जिस पर सफेद चद्दर और लाल कम्बल में एक आदमी बैठा हुआ था, और जिसके नीचे चीं-चीं करते हुए पहिए लगे थे, अन्दर लाया जाने लगा। उसके पीछे एक और पलंग था, और उसके पीछे तीसरा, चौथा, पाँचवाँ—इसी तरह लगभग सात पलंगों की कतार, एक के पीछे दूसरा, अन्दर लाए गए। सब पर सफेद चद्दरें बिछी थीं, सब पर लाल कम्बल रखे थे, और सब पर एक-एक जख्मी आदमी लेटा या बैठा हुआ था। मैंने अपने मासड़जी से पूछा, 'ये कौन हैं?'

'यह सब बहादुर सिपाही हैं, इनको तमगे मिलेंगे।'

हॉल में बैठे हुए लोग बिल्कुल चुपचाप थे। केवल हमारे नजदीक राजो ने कुछ धीरे से कहा। मैंने उसकी तरफ देखा, उसका चेहरा पीला जर्द पड़ गया था, आँखें जैसे घबराहट में खुल गई थीं, और होंठ काँपने लगे थे। वह फैजअली के कोट की आस्तीन को पकड़े हुए थी, और उसके हाथों की उँगलियाँ काँप रही थीं।

चौथे पलंग पर मीरजमान बैठा था। मैंने उसे देखते ही पहचान लिया, हालाँकि उसका चेहरा काला पड़ गया था और सिर के बाल मुँड़े हुए थे। मीरजमान चुपचाप पलंग पर बैठा था और सीधा सामने की तरफ देख रहा था, जैसे उसे मालूम ही न हो कि उसकी माँ उसकी परेड देखने आई होगी। उसके दोनों हाथ उसकी गोद में पड़े हुए थे। राजो उसे देखकर लड़खड़ा गई, और फैजअली की आस्तीन छोड़कर

मीरजमान के पलंग की ओर जाने लगी, मगर फिर किंकर्तव्यविमूढ़ फैजअली के मुँह की तरफ देखने लगी। फैजअली ने उसे रोक दिया, 'परेड में फौजी के पास कोई नहीं जा सकता। कर्नेल साहब नाराज होंगे। जहाँ पाँच साल इन्तजार किया है, थोड़ी देर और ठहर जाओ।' और राजो चुपचाप, सिर पकड़कर जमीन पर बैठ गई।

तमगे मिलने लगे। अंग्रेज अफसर ने एक तमगा मेज पर से उठाया, और पहले पलंग के पास पहुँचकर, जख्मी फौजी की छाती पर लगा दिया। फौजी का मुँह और सिर पट्टियों में छिपे हुए थे। हॉल में तालियाँ बज उठीं। फिर दूसरे फौजी की बारी आई। उसके दोनों हाथ कटे हुए थे। उसकी छाती पर भी तमगा लग गया। बारी-बारी एक-एक फौजी की छाती पर, साहब बहादुर के हाथ से चमकता हुआ सफेद तमगा लगने लगा। एक-एक तमगा लग चुकने के बाद हॉल तालियों से गूँज उठता।

फिर मीरजमान की बारी आई। साहब बहादुर ने उसकी छाती पर तमगा लगाने से पहले उसके कन्धे को थपथपाया। फिर एक सफेद तमगा, जिस पर लाल रिबन बँधा हुआ था, उसकी छाती पर लगा दिया। मगर मीरजमान ज्यों-का-त्यों बैठा रहा और सामने देखता रहा। उसके दोनों हाथ उसकी गोद में पड़े रहे। साहब बहादुर थोड़ी देर तक उसके सामने खड़े रहे, फिर अपना दायाँ हाथ पंजा मिलाने के लिए उसकी तरफ बढ़ाया। मगर मीरजमान फिर भी ज्यों-का-त्यों बैठा रहा। थोड़ी देर के बाद मीरजमान का दायाँ हाथ गोद में से उठा, मगर काँपता हुआ, थोड़ा-सा ऊँचा उठकर सहसा उसकी गोद में लुढ़ककर गिर गया। साहब बहादुर इस पर चुपचाप पाँचवें पलंग की ओर चले गए। राजो अब भी दोनों हाथों में सिर थामे फर्श पर बैठी थी। उसने यह अभिनय नहीं देखा था।

इस घटना के लगभग महीने-भर बाद की बात होगी जब राजो ने मुझे वह तमगा दे दिया। उस दिन मैंने पहली बार राजो को फफक-फफककर रोते देखा। उस शाम राजो के घर के नजदीक ढोलक बज रही थी, और हम मोहल्ले के लड़के वहाँ जा पहुँचे थे। अकरों लड़की का ब्याह एक नानबाई के बेटे के साथ हो रहा था, और बहुत-से लोग गली में खड़े बारात का इन्तजार कर रहे थे। थोड़ी देर के बाद लड़के राजो के घर के सामने आ खड़े हुए, और दरवाजे में से झाँक-झाँककर मीरजमान को देखने लगे, जो ज्यों-का-त्यों खाट पर बैठा था, जो न हिलता-जुलता, न बोलता, न हँसता, न रोता था। माँ ने कहा था कि अब वह ठीक नहीं होगा। पहले तो लड़के उस पर झाँकते रहे, फिर छेड़ने लगे। कोई दरवाजे पर खड़ा होकर उसे पुकारता, कोई दीवार पर चढ़कर। फिर वे और भी लापरवाह हो गए। दो-एक ने तो छोटे-छोटे कंकड़ भी मीरजमान पर फेंके, जिस पर राजो अपनी कोठरी से भागती हुई बाहर निकल आई। उसे देखकर लड़के भाग गए। मगर उन्हें एक नया खेल मिल गया। बार-बार वे लौटकर आते, और लुक-छिपकर, कभी दरवाजे पर से, कभी दीवार पर से मीरजमान का नाम पुकारते, और जब राजो सामने

आती तो वे भाग जाते। इसी दौरान राजो ने मुझे देखा, मैं गली में खड़ा था जहाँ अकराँ के ब्याह की देगें पक रही थीं। वह मुझे अन्दर ले गई, मुझे छाती से लगाकर जोर-जोर से रोने लगी। उसकी आँखें लाल और सूजी हुई थीं। थोड़ी देर बाद मुझे कहने लगी, 'तुम तो इन लड़कों के साथ मीरजमान को तंग नहीं करते हो?'

'नहीं! मैं क्यों करूँगा, वह मेरा भाई है,' मैंने अपनी माँ के सिखाए के अनुसार जवाब दे दिया।

इस पर राजो ने मुझे छाती से लगा लिया और फिर बहुत देर तक रोती रही। उसके बाद वह उठी और दीवार के साथ पड़े हुए एक बक्से को खोलकर उसमें से मीरजमान का तमगा निकाल लाई और मेरी हथेली पर रख दिया और बोली, 'यह तुम ले लो। अब यह मीरजमान को नहीं चाहिए। पर मुझ पर एक मेहरबानी करो, इन लड़कों को यहाँ से ले जाओ। यह तुम्हारी बात मानेंगे। कहो, ले जाओगे?'

इस सारी घटना को याद करते हुए मैं माँ के चेहरे की ओर देखने लगा। माँ की आँखें सजल हो रही थीं। क्षण-भर के लिए मुझे ऐसा जान पड़ा, जैसे मैं राजो धोबन के चेहरे की तरफ देख रहा हूँ, और गलती से जंग के बारे में यह सवाल राजो धोबन से पूछ बैठा हूँ।

क्रिकेट मैच

क्रिकेट मैच का तीसरा दिन था। दर्शकों का उत्साह ठंडा पड़ चुका था। लोग अपना जोश और देश-प्रेम, पहले दो दिन गला फाड़-फाड़कर चिल्लाने और तालियाँ पीटने में खर्च कर चुके थे। और आज दर्शकों की संख्या एक-तिहाई से भी कम थी; कुर्सियों की कतार की कतार खाली पड़ी थीं। कुछ लोग बैठे अखबार देख रहे थे, कई एक मुँह को टोपी से ढाँपे सो रहे थे; और अक्सर लोग मैच की ऊब से बचने के लिए सिगरेट पर सिगरेट फूँके जा रहे थे।

पर मेरे साथ बैठी हुई मेरे मित्र की स्त्री अब भी बराबर चहक रही थी, ''अगर आज दिन-भर लॉसन और पीटर ही बॉल फेंकते रहे, हजारे आउट नहीं होगा। लॉसन तो बिल्कुल ही घटिया बॉलर है।''

वह जब से खेल शुरू हुआ था, पूरी तन्यमता से उसे देखे जा रही थी, और उस पर अनथक टीका-टिप्पणी कर रही थी। उसके हाथ बराबर सलाइयाँ पकड़े हुए स्वेटर बुन रहे थे, और आँखें मैच पर लगी हुई थीं। कोई बाउंड्री न थी जिस पर उसने ताली न बजाई हो, और कोई कैच न था जिस पर उसकी साँस न रुकी हो। मैं बार-बार उसकी हाँ-में-हाँ मिलाता, और उसके पति की ओर कनखियों से देखता।

सहसा हजारे आउट हो गया। लोगों में कुछ स्फूर्ति आई। क्रिकेट भी शतरंज की तरह है, जो गोटें पिटती रहें और खिलाड़ी आउट होते रहें तो खेल का मजा कायम करता है।

''अब हमारी टीम क्या खेलेगी ? बाकी खिलाड़ियों में तो कोई भी टिकनेवाला नहीं। अब कौन खेलने आएगा ? साढ़े बारह बजनेवाले हैं, अब तो लंच के बाद ही खेल शुरू होगा, क्यों जी ?''

वह एक-एक वाक्य कहती और अनुमति के लिए अपने पति के चेहरे की ओर देखती।

तालियाँ पिटीं, एक दूसरा खिलाड़ी मैदान में उतरा, ''मोदी है, मोदी। इसे क्यों भेजा है ? इसे तो आखिर में आना चाहिए था। अगर यह भी आउट हो गया तो फिर खेलेगा कौन ? क्यों जी ?''

यदि कोई जीव अपने वातावरण का रंग सबसे जल्दी पकड़ता है तो वह है स्त्री। तीन बरस पहले यह एक घरेलू, शरमीली स्त्री थी—अपने दो बच्चों और घर-गिरस्ती में उलझी हुई। पर अब कन्धों पर जाली की गुलाबी रंग की चुन्नी, नखों-होंठों पर लाली, बालों के कुंडल बने हुए—सारी सज्जा क्रिकेट मैच के अनुकूल बनाकर आई थी, और जबान पर भी क्रिकेट की ही चर्चा थी।

मैंने कहा, "आप तो रमेश से भी ज्यादा क्रिकेट की जानकारी रखती हैं।"

वह मुस्कराई, कहने लगी, "अगर यह कभी क्रिकेट खेलने दिल्ली आवें तो हमारा सारा शहर इनका खेल देखने भागता हुआ आएगा। सारे शहर में इन्हें कोई आउट नहीं करा सकता।"

फिर इसके बाद जो स्वेटर बुन रही थी, उसके अधबुने बाजू को अपने पति के कन्धों से जोड़कर, सलाई मुँह में रखे, निःसंकोच मापने लगी, "क्यों जी, दो सलाइयाँ और चढ़ा दूँ तो ठीक रहेगा? कल मैं यह स्वेटर पूरा करके तुम्हें पहना दूँगी। मेरा इकरार था न कि मैच खत्म होने से पहले इसे तैयार कर दूँगी?"

"अच्छा, अब थोड़ी देर मुँह बन्द करके मैच देखो, पुष्पा।"

इस पर स्त्री ने अपनी बड़ी-बड़ी विश्वासभरी आँखों से अपने पति के चेहरे को देखा, फिर मुस्कराई और कहने लगी, "तुमने मुझे पहले क्यों नहीं कहा? मुझमें यही तो बुरी आदत है। मैं बोलना शुरू कर दूँ तो बोलती ही जाती हूँ, चुप नहीं रह सकती।"

फिर मेरी तरफ देखकर खिसियाने लगी, उसका चेहरा लाल हो उठा और वह चुप हो गई।

कई लोगों की वेश-भूषा उनके चरित्र के अनुकूल नहीं बैठती। उनकी वेश-भूषा के नीचे असल व्यक्ति छटपटाता हुआ नजर आता रहता है। उस स्त्री पर भी उसकी वेश-भूषा ठीक न बैठ पाई थी। जब भी वह हर वाक्य के बाद एक शंकित आग्रह से अपने पति के चेहरे की ओर देखती तो उसका घरेलूपन और सादगी उसकी आँखों में से झाँकने लगती।

पर मेरे मित्र की सज्जा सचमुच उसके अनुकूल थी; रंग काला, दाँत पान-मदिरा-तम्बाकू से बेतरह काले, हाथों की उँगलियों पर सिगरेट का पीलापन, आँखों में लोलुपता और चालाकी। कद का लम्बा था पर शरीर शिथिल हो चुका था। उसकी एक-एक हँसी, एक-एक वाक्य के तीन-तीन अर्थ निकलते। कई घाट का पानी पी चुका था।

"हैं जी, देखिए, आपको भी ऐसी ही सफेद जर्सी बुन दूँ, जैसी कि उस लड़के ने पहन रखी है?"

उससे न रहा गया जब एक आदमी हमारी कतार के सामने से गुजरता हुआ, अपनी कुर्सी की ओर जाने लगा। फिर मुझे देखकर मुस्कराई, "इनके पास एक भी

सफेद जर्सी नहीं है।'' इतने में वह हड़बड़ा के उठ बैठी, ''हाय, मैं भी कैसी पागल हूँ! मुझे तो भूल ही गया था। मैंने तो अभी तक प्लेटें ही नहीं निकालीं!''

और उठकर, कुर्सियों के नीचे पड़ा हुआ टिफनकैरियर निकाल लाई, और उसे खोलकर एक-एक चीज कुर्सी पर रखने लगी।

''अभी लंच का वक्त हो जाएगा, और फिर नल पर इतनी भीड़ हो जाती है कि पानी ही नहीं मिलता।''

फिर उन्हीं कदमों, हाथ में एक थर्मस बोतल उठाए, बाहर नल पर से पानी लेने दौड़ी चली गई।

उसके चले जाने पर मैं अपने मित्र के साथवाली कुर्सी पर जा बैठा, ''पुष्पा कैसी बदल गई है!'' मैंने कहा, ''खूब हाथ पर रखा हुआ है दोस्त, हर वक्त तेरे नाम की माला जपती रहती है।''

वह मेरे मुँह की ओर देखने लगा, और थोड़ी देर बाद मुस्कराया, ''हमारे घर में भी एक क्रिकेट मैच चल रहा है। देखें, कौन जीतता है!''

''क्या मतलब?''

वह मेरी ओर झुककर बोला, ''यह सब रंग-ढंग जो तुम देखते हो, मछली पकड़ने की बेट है।''

अब की बार मैं उसके मुँह की ओर देखने लगा।

''तुम समझते हो, यह रंग-रोगन लगाना उसे मैं सिखा रहा हूँ? हर दूसरे महीने यह कोई नया पाठ पढ़ आती है। कभी हारमोनियम बजा रही है, और कभी बाल कटवाए जा रहे हैं, और कभी ताश खेलना सीख रही है।'' फिर हँसते हुए, अपने काले दाँतों को दिखाते हुए, सिर टेढ़ा करके बोला, ''इस तरह यह हमें पकड़ ले तो फिर कहना ही क्या है! अपने को तो आजादी चाहिए। खेल ले जो दाँव-पेच खेलना चाहती है, मगर एक दाँव मैं भी जानता हूँ।''

मैं उसके चेहरे की ओर देख रहा था। वह थोड़ी देर तक हवा में देखता हुआ सिगरेट के कश लगाता रहा, फिर मेरी ओर झुककर धीरे से बोला, ''तुम्हारे कितने बच्चे हैं?''

''एक लड़की है, क्यों?''

''तुम ज्यादा औलाद पसन्द नहीं करते?''

''करता हूँ, मगर पैसे कहाँ से लाऊँ? तुम्हारे कितने बच्चे हैं?''

''तीन। दो लड़कियाँ, एक लड़का।''

फिर अपने-आप, कुछ सोचते हुए, जैसे अपने-आपसे बातें कर रहा हो, बोला, ''एक बच्चे का मतलब है—साल-भर का आराम और छुट्टी। अब महीने-दो महीने में यह मायके चली जाएगी। और इसके मायके कलकत्ते में हैं। हम साल-भर प्यार की चिट्ठियाँ लिखते रहेंगे।''

मैं अवाक् उसके मुँह की ओर देखने लगा, "मगर तुम्हारे तो पहले ही तीन बच्चे हैं, और पाँच वर्ष भी तुम्हारी शादी को नहीं हुए!"

वह फिर हँसने लगा, "इसके मायके अमीर हैं, सब पल जाएँगे। और औरतों की गोद भरी ही रहनी चाहिए।" फिर एक नई सिगरेट सुलगाकर, टाँग पर टाँग रखे, आकाश को देखता हुआ बोला, "देखो तो मुझे पुष्पा पकड़े, कैसे पकड़ेगी?"

पुष्पा पानी लेकर लौटी। खाना परोसा गया। पुष्पा ने हम दोनों को एक-एक प्लेट पकड़ा दी, और फिर आप एक तरफ बैठकर खुद खाना खाने लगी।

इतने में रमेश के दो-तीन दोस्त, एक जवान स्त्री, दो पुरुष, कतारों को लाँघते हुए, अपनी सीटों की ओर जाने लगे। रमेश के पास से गुजरे, तो रमेश ने हँसकर उन्हें सलाम किया। दोनों तरफ से 'हैलो, हैलो' हुई। उस स्त्री की ओर लोगों की नजरें घूम गई थीं। उड़ता हुआ फूलदार साड़ी का पल्ला, उड़ते हुए बाल, काला चश्मा, खुशबू बिखेरती हुई आई और खुशबू बिखेरती हुई पिछली लाइन में जाकर बैठ गई। पुष्पा के चेहरे पर एक छाया-सी दौड़ गई, और उसका चेहरा जर्द पड़ने लगा। पर मुझे देखकर वह धीरे-धीरे फिर मुस्कराने लगी।

इतने में पिछली कतार में से एक केले का छिलका उड़ता हुआ आया और रमेश के सिर पर जा लगा, और साथ ही ऊँचा-ऊँचा हँसने की आवाज आई। रमेश ने घूमकर देखा, और हँसता हुआ उठकर, पिछली कतार में जाकर बैठ गया।

"रमेश अब भी वही रमेश है, बदला रत्ती भर भी नहीं।"

पुष्पा पहले तो चुप रही, फिर हँसकर बोली, "इन्हें लड़कियाँ बहुत चाहती हैं। हमारी क्लब में भी अगर यह एक रोज नहीं जाएँ तो वे शिकायत करने लग जाती हैं। इनके पास लड़कियों को मोह लेने का कोई जादू है।"

मुझे यह वाक्य सुनकर पुष्पा पर क्रोध आ गया। मुझे और तो कुछ न सूझा, बिना सोचे मैंने कह डाला, "सुना है, आप मायके जा रही हैं?"

"मायके? नहीं तो! आपको किसने कहा?"

"रमेश कहता था कि कुछ दिन में शायद आप मायके चली जाएँ।"

वह सहसा चुप हो गई। मुँह पर से बढ़ती वेदना की छाया उससे हटाए न हट पाई, उसके होंठ क्षण-भर के लिए काँप गए, मगर उसने आँखों को तर होने से रोक लिया। धीमी-सी आवाज में बोली, "शायद इन्हें बाहर दौरे पर जाना हो, इसलिए मुमकिन है, मैं मायके चली जाऊँ। यह बाहर चले जाएँगे तो मैं घर पर अकेली क्या करूँगी?"

और फिर नजर नीची करके अपनी काँपती उँगलियों से स्वेटर बुनने लगी।

मैच फिर शुरू हो गया था। और पीछे से हँसी-मजाक की आवाजें बराबर आ रही थीं।

मुर्गी की कीमत

पैसे गिनना अहमदू की आदत बन गई थी। अपनी सारी सोच हाथ में पैसे रखकर किया करता। उन्हें बार-बार मसलकर ही किसी निश्चय पर पहुँच पाता था।

आज सुबह खिल्लनमर्ग पर सर्दियों की पहली बर्फ का छींटा दिखाई दे गया। गोया गुलमर्ग में 'सीजन' के आखिरी दिन आन पहुँचे। अहमदू का दिल घर जाने के लिए तड़प उठा। पाँच महीनों से लगातार बोझ उठा रहा था। कोई सड़क या पगडंडी बाकी न रही होगी जिस पर उसके पसीने की बूँदें न गिरी हों, लेकिन इसके बावजूद वह कुल बारह आने का सरमाया जमा कर पाया था। और इन बारह आनों में छह आने उस बोझ के थे जो अभी-अभी टंगमर्ग के लारियों के अड्डे तक उठाकर लाया था।...बारह आने...इन्हीं को वह सड़क से कुछ दूर, एक सूखे हुए नाले में खेलती हुई एक सफेद मुर्गी को देखता हुआ, मसल-मसलकर गिन रहा था।

पाँच महीने हुए, घर से रुखसत होते वक्त बीवी ने कहा था, 'पैसा जाया नहीं करना। कम-से-कम इतने जरूर जमा करके ले आना कि मैं नया फिरन सिलवा सकूँ। हो सके तो कपड़ा ही खरीदकर ले आना। बाहर, सुना है, मिल जाता है, सिरीनगर में नहीं मिलता।'

यह भी झूठ नहीं कि अहमदू ने किफायत करने में कोई कसर नहीं छोड़ी, फिर भी वह केवल बारह ही आने जमा कर सका...नहीं, अब वह घर ही जाएगा। अब और हड्डियाँ चटखाने का कोई फायदा नहीं...

खैर, घर जाने का फैसला तो वह कर ही चुका था, अब एक और समस्या उसे पैसे मसलने पर मजबूर कर रही थी। और उसका सम्बन्ध घर से नहीं, उस मुर्गी से था जो सूखी नदी के पाट में, गोल-गोल पत्थरों पर फिसलती हुई, उसका ध्यान अपनी तरफ आकर्षित कर रही थी।

अहमदू सोच रहा था, क्यों न वह उस मुर्गी को खरीद ले! खाली हाथ घर जाना अच्छा नहीं। और कुछ नहीं तो नन्हा नूरू ही उससे खेल-खेलकर खुश होता रहेगा।

कितनी प्यारी है! कभी-न-कभी अंडे भी देगी। जरूरत पड़ने पर बेची भी जा सकती है, खाई भी जा सकती है।

लेकिन अगर खरीद ले तो लारी पर नहीं बैठ सकेगा। पच्चीस मील का सफर उसे पैदल तय करना होगा। इसी में रात हो जाएगी। पाँव छिल जाएँगे। घर लौटने की सारी उमंगें बैठ जाएँगी।

नाले के पार, दूर से एक लड़की भागती हुई चली आई और मुर्गी को उठाने लगी। वह इस मुर्गी की मालकिन थी। अहमदू ने बैठे-बैठे पुकारा, "मुर्गी बेचोगी?"

लड़की ने पहले कोई जवाब नहीं दिया। हिरन की तरह पत्थरों को फलाँगती हुई करीब चली आई और मुर्गी को चट से पकड़ लिया। उसे छाती से लगाकर अहमदू के सामने खड़ी हो गई, "तुम खरीदोगे?"

"हाँ।"

लड़की की उम्र दस-बारह बरस की होगी। फिर भी वह मुर्गियों की खरीद-फरोख्त का ढंग अच्छी तरह जानती थी। गुलमर्ग में अंडे-मुर्गी बेचना उसके माँ-बाप का पेशा था। बोली, "छह आने होंगे।"

"वाह जी, पाव-भर के चूजे के लिए छह आने!" अहमदू ने कुछ लापरवाही दिखाते हुए जवाब दिया।

"तुम्हें देता ही कौन है!" लड़की ने हँसकर कहा।

अहमदू उठ खड़ा हुआ। लोई कन्धे पर रखी और चलने लगा। लेकिन किसी आकस्मिक आवेश में फिर लोई उतारकर जमीन पर रख दी, और छह आने लड़की की हथेली पर गिन दिये।

लड़की ने अपनी बड़ी-बड़ी आँखों से अहमदू को देखा और कहा, "घर जा रहे हो?"

यह सवाल अहमदू को बड़ा अच्छा लगा। मुर्गी को अपने हाथों में लेते हुए उसने खुशी से कहा, "हाँ।"

"कहाँ?"

"सिरीनगर।"

लड़की पैसे छनकाती हुई भाग गई।

अहमदू सड़क पर आ गया। अब लारियों के अड्डे की तरफ जाना फिजूल था। पैदल ही जाना पड़ेगा। और जितनी जल्दी सफर शुरू कर दिया जाए, उतना अच्छा।

तीन दिन की लगातार बारिश के बाद आज आसमान साफ हुआ था, और उसकी स्वच्छ नीलिमा के नीचे कश्मीर की वादी का एक-एक रंग निखर आया था। दूर से सिरीनगर शहर के मकान तक नजर आ रहे थे। इन्हीं में अहमदू का घर भी था, जिसमें उसकी बीस वर्ष की पत्नी, बीसियों प्रकार के रिश्तों, सखियों और

रख-रखाव में अपनी जवानी को पीसती हुई, बड़े सब्र से उसकी राह देख रही थी। अहमदू का जी चाहा कि बच्ची को फिर बुलाए और उससे बातें करे। मगर वह दूर जा चुकी थी। अपनी कुड़कुड़ाती हुई मुर्गी के नर्म बदन पर हाथ फेर-फेरकर अपनी कल्पना ही से बातें करता हुआ वह नंगे पाँव सड़क पर चलने लगा।

ऊँचे-ऊँचे सफेदे के पेड़ों की दो कतारों के दरमियान श्रीनगरवाली सड़क, पहले कुछ दूर तक बल खाती हुई, और बाद में सीधी चली जाती है। अहमदू उस पर दोपहर तक चलता गया; कन्धे झुके हुए, कुली की विशेष चाल, जैसे कोई अदृश्य बोझ हर वक्त उठाए हुए हो! बायाँ हाथ कन्धे पर पड़ी लोई पर रखे हुए और दाएँ हाथ में मुर्गी को उठाए हुए जो चकित-सी, बिटक-बिटककर दाएँ-बाएँ देख रही थी। अपने अँगूठे के नीचे अहमदू उसके दिल की धड़कन महसूस कर रहा था, जिससे उसे अपने जीवन के सुखद क्षणों की याद आ जाती थी।

दोपहर होते-होते अहमदू ने कोई बारह मील तय कर लिये। पहाड़ की ठंडी हवा की जगह मैदान की गरम हवा चलने लगी थी जो बेद के दरख्तों की कड़वी बू से लदी हुई थी। अहमदू ने चाहा, किसी गाँव में पहुँचकर चाय पी ले और कुछ खा ले क्योंकि भूख जोरों से लग रही थी और पाँव थक गए थे। वह सोच में पड़ गया। बचे हुए छह आने फटे हुए कोट की जेब से निकालकर फिर मसलने लगा। क्या छह आने में बाकी सफर लारी में बैठकर नहीं हो सकता? आधे के करीब फासला तो वह काट ही चुका है। शायद कोई बिठा ले! सोचते-सोचते वह दो-एक मील और निकल गया। लारियाँ गुजरतीं लेकिन वह हाथ दिखाने की हिम्मत न कर पाता। कौन गालियाँ सुने! आखिर इन पाँच महीनों में कोई कम गालियाँ नहीं सुनी थीं। लेकिन भूख और थकावट ने अहमदू को बाध्य कर दिया कि वह रुक-रुककर बसों को ठहरने का इशारा करे। अक्सर उसके मुँह पर धूल के झाँपड़ मारकर निकल गईं। जो रुकीं, उन्होंने उसे अपमानित किया; क्योंकि अभी तक वह उस सीमा के अन्दर दाखिल नहीं हुआ था जहाँ से श्रीनगर तक छह आने में सफर किया जा सकता है।

जब उस सीमा में वह दाखिल हुआ तो सूरज अस्ताचल में पहुँच चुका था। एक लारी रुकी। क्लीनर ने छह आने पेशगी ले लिये, और पिछले हिस्से में अहमदू को भी ठोंस दिया। यह उसके लिए बहिश्त में पहुँच जाने के बराबर था। दो झकोले लगते ही वह बैठा-बैठा सो गया।

जब उसकी नींद टूटी तो लारी खड़ी थी और वातावरण धूल से अटा हुआ था। इस धूल में श्रीनगर की सुपरिचित गन्ध थी। अहमदू ने खुशी से आँखें मलते हुए लोई सँभाली, मुर्गी को अपने पसीने से तर दाएँ हाथ से बाएँ हाथ में लिया और उतरने की तैयारी करने लगा। लेकिन दूसरे मुसाफिर क्यों नहीं उतर रहे थे? अहमदू ने बाहर झाँककर देखा। लारी एक चुंगीघर के सामने खड़ी थी। दरिया के किनारे

एक छोटी-सी इमारत, उसके बरामदे में बड़ी-सी पुरानी मेज, उस पर बहुत-से खाकी कागज और उन पर आँखें जमाए हुए दो दुबले-दुबले बाबू। उन्हें देखते ही अहमदू का माथा ठनका। यहाँ हर चीज पर महसूल देना पड़ता है, तो मुर्गी पर भी देना होगा ? उसकी जेब में फूटी कौड़ी भी न थी। सहसा उसे ज्ञात हुआ कि वह एक नई मुश्किल में फँस गया है। उसका घर यहाँ से करीब ही था, किसी डुंगे या नाव में दरिया पार करके वह पाँच मिनट में घर पहुँच सकता था, लेकिन चुंगीवालों से नजर बचाकर निकल जाना असम्भव है...या अल्लाह!

उसने देखा कि बाबुओं के सामने पैदल चलकर आए हुए देहातियों की कतार लगी है। किसी के हाथ में सब्जी है, किसी के पास फल या अंडे। इनके पीछे दो मुर्गियाँ बगल में दबाए एक बुढ़िया भी खड़ी है और दबे-दबे चपरासी की मिन्नत-समाजत कर रही है। अहमदू को उसकी आवाज भी कुछ-कुछ सुनाई दी। वह कह रही थी, ''मैं इन्हें अपने घर से लाई हूँ। उस सामनेवाले डुंगे में जाऊँगी। वह भी मेरा अपना है, हम लोग लकड़ी ढोते हैं। आज ही रात बारामूला रवाना होंगे। खाने-पीने का सामान घर से न ले जाएँ तो और कहाँ से ले जाएँ! मुझे मालूम होता कि तुम रोकोगे बेटा, तो मैं इधर से आती ही क्यों? पहले तो कभी किसी ने नहीं रोका...''

अहमदू का दिल बैठने लगा...वह बिल्कुल बदहवास हो गया। उसे और तो कुछ न सूझा, उसने मुर्गी को अपनी लोई में छुपा लिया।

मेज के पीछे बाबू चुपचाप बैठे थे। एक पीली पगड़ी बाँधे हुए करीब पैंतीस वर्ष का कश्मीरी पंडित था। उसके चेहरे से जाहिर था कि उसका हाजमा और ईमान दोनों कमजोर हैं। उसके सामने मेज पर एक संदूकचा पड़ा हुआ था जिसमें चुंगी के पैसे जमा किए जाते थे। दूसरा बाबू आँखों पर सस्ता-सा चश्मा लगाए, कान के पीछे कलम अटकाए हुए, शून्य में देख रहा था। उसके सामने एक खुला हुआ रजिस्टर पड़ा हुआ था, जिसमें चुंगी का हिसाब दर्ज होता था।

अहमदू ने फिर बुढ़िया की तरफ देखा। वह इस अपराजित ढंग से हाथ और सिर हिला-हिलाकर बातें कर रही थी कि जैसे महसूल माफ करवाके छोड़ेगी। लेकिन उसी क्षण चपरासी ने बुढ़िया को जोर से धक्का दिया। दोनों मुर्गियाँ जोर से कुड़कुड़ाईं। बुढ़िया अब खामोश हो गई। अपने दुपट्टे के छोर से उसने, गाँठ खोलकर, कुछ पैसे निकाले और मेज पर रख दिये। फिर आस्तीन से आँखें पोंछती हुई अपनी राह चली गई।

अहमदू का चेहरा तमतमा गया और शरीर सुन्न हो गया; अहमदू को ऐसा लगा, जैसे संसार की गति एकदम रुक गई है! जैसे यह लारी हमेशा से वहाँ खड़ी है और खड़ी रहेगी! उसे हर एक चीज निरुद्ध, गतिहीन और भयानक नजर आने लगी। अब उसे इस मुर्गी से कोई आकर्षण नहीं था। उसके बदन की नर्मी अब उसे किसी के

बदन की नर्मी की याद नहीं दिलाती थी। उसका बिटक-बिटककर देखना, नन्हे नूरू की तरह, उसे बिल्कुल ही भूल चुका था। और आखिर जब उसने खाकी वर्दीवाले चपरासी को अपनी तरफ आते देखा तो उसे फिर इच्छा हुई कि लपककर गाड़ी से उतर जाए और दरिया की राह ले। लेकिन पाँव में जैसे सिक्का जम गया था। वह अपनी जगह से हिल न सका।

चपरासी अपनी छड़ी घुमाता हुआ आया। वर्दी के नीचे से उसकी मैली और फटी हुई कमीज जगह-जगह से झाँक रही थी; जूते भी फटे हुए थे जिस कारण वह रुक-रुककर कदम उठाता था। लेकिन अहमदू की नजरों में वह एक साधारण इनसान नहीं बल्कि एक विशालकाय दैत्य था। अहमदू के हाथ काँप रहे थे, और इन्हें वह लोई के अन्दर डालकर बार-बार अपनी तसल्ली करता था कि कहीं मुर्गी के कुड़कुड़ाने की सम्भावना तो नहीं।

चपरासी ने लापरवाही से अपनी छड़ी सीटों के नीचे पड़े हुए सामान पर आजमाई। वह गरीब तबके के मुसाफिरों की आदत से वाकिफ था। पूछने पर वह कभी नहीं बताते कि उनके पास कोई महसूल की चीज है। डाँट-डपट सुन लेंगे, मारपीट तक सह लेंगे, मगर धोखा करने से बाज न आएँगे। इनसे झिक-झिक तो महज रौब दिखाने के लिए करनी पड़ती है, हासिल कुछ भी नहीं होता। और फिर अभी-अभी एक जगह से अच्छी आमदनी हो गई थी, आज ज्यादा झक मारने की जरूरत नहीं। उसने लारी का दरवाजा बन्द किया और वापस चला गया। कुछ क्षण बाद लारी चल दी।

अहमदू अवाक् रह गया। इस तरह साफ बच जाने की उसे आशा न थी। जिस क्षण चपरासी ने दरवाजा बन्द किया था, उसी क्षण मुर्गी एक बार कुड़कुड़ाई थी। और अहमदू ने समझा था कि अपने सर्वनाश की घड़ी आ पहुँची। उसके मन में सन्तोष का सैलाब-सा उमड़ आया।

लारी चलने लगी। लारी में गति आते ही वातावरण फिर जीवित हो उठा। जब तक लारी खड़ी थी, मुसाफिर इस तरह चुप थे, जैसे उनके अपने शरीर ठंडे पड़ गए हों! अब वह बोलने लगे। बाहर सड़क पर भी रौनक थी। दुकानों की बत्तियाँ जल रही थीं। और कहीं-कहीं औरतों के गाने की आवाज भी सुनाई दे जाती थी।

अहमदू ने लोई का पल्ला ढीला किया और बायाँ हाथ खींचकर बाहर निकाला। मुर्गी उसकी हथेली में चुपचाप जैसे सोई हुई थी—आँखें बन्द, सिर हाथ के अँगूठे पर टेढ़ा होकर गिरा हुआ। बाहर की ताजा हवा में आने पर भी उसके नन्हे गुदगुदे शरीर में कोई हरकत पैदा न हुई। बर्फ के-से सफेद पंख ढीले हो रहे थे। उसे देखकर भी अहमदू को यह ज्ञात नहीं हुआ कि वह कुड़कुड़ाहट दम तोड़ते समय मुर्गी की आखिरी फरियाद थी। वह अपने हाथों से उसे कत्ल कर चुका था। एकाएक अहमदू की आँखों से टपटप आँसू गिरने लगे और वह सिसकियाँ भरने

लगा। देखते-देखते उसकी सिसकियाँ तेज होती गईं और वह बिलख-बिलखकर रोने लगा।

मुसाफिरों की समझ में नहीं आया कि इस जाहिल कश्मीरी को क्या हो गया है, वह क्यों रो रहा है और बड़बड़ाकर क्या कह रहा है। न ही उन्हें जानने की उत्सुकता थी। क्लीनर ने रस्सी खींचकर गाड़ी रुकवा ली, और अहमदू को धक्के देकर नीचे उतार दिया।

सड़क के इस हिस्से पर घुप्प अँधेरा था। लारी के चले जाने पर अहमदू स्तब्ध खड़ा रहा, फिर धीरे-धीरे पुल की ओर जाने लगा, जो सड़क के किनारे एक नाले पर बना हुआ था। थोड़ी देर तक वहाँ खड़ा रहने के बाद उसने वह परों की सफेद ग़ोल-सी गेंद पुल के नीचे फेंक दी, और फिर घर की ओर जाने लगा।

अब न उसके पास पैसे थे, और न आगे के लिए कोई निश्चय करना बाकी था।

नीली आँखें

इस सड़क पर आने-जानेवालों का ताँता केवल गहरी रात गए थमता है। कहीं-कहीं पर राह जाते लोग कुतूहलवश इकट्ठे भी हो जाते हैं और छोटी-सी भीड़ बन जाती है; लेकिन घड़ी-भर बाद यह भीड़ रेशमी कपड़े की हल्की-सी गाँठ की तरह खुल भी जाती है, और आमदोरफ्त का ताँता उसी तरह कायम रहता है। इस क्षणिक जन-समूह की अपने में कोई विशेषता या अभिप्राय नहीं, लेकिन इसकी भी एक हल्की-सी ठोकर किसी को बरसों के लिए अचेत कर सकती है, कौन मानेगा?

इसी सड़क के किनारे, सायंकाल के बढ़ते अँधेरे में एक अस्पताल के सामने दो व्यक्ति खड़े रो रहे थे। एक बीस-बाईस वर्ष का लड़का और दूसरी सत्रह-अठारह वर्ष की लड़की। ऐसा जान पड़ता था, जैसे एक-दूसरे से जुदा हो रहे हों! लड़की बार-बार आँसू पोंछती और पास ही पीपल के पेड़ की ओट में सिमटी जाती; लड़का जमीन पर बैठा हुआ बड़े आग्रह से उसे रुक जाने को कह रहा था, ''देख राजो, दो दिन और माँग-खा, फिर मैं ठीक हो जाऊँगा, खुदा कसम, मुझे छोड़कर मत जा!''

''मैं कहाँ से माँगूँ ? मुझे देता कौन है?''

''तो यूँ छोड़कर चली जाएगी? सरम नहीं आएगी तुझे? मैं मर रहा हूँ, और तू भागे जा रही है!''

''तू अस्पताल में मजे से है। तुझे तो वहाँ बिस्तर भी मिलता है, मैं बाहर सड़क पर क्या करूँ?'' और फिर लड़की की आँखें आँसुओं से डबडबा आईं।

लड़का हल्के नीले रंग की बीमारों की वर्दी पहने हुए था, चेहरे का रंग जर्द और शरीर शिथिल, खड़ा तक न हो सकता था। जिस लड़की को वह बार-बार जाने से रोक रहा था, वह भी कोई सुन्दरी न थी, साधारण ग्रामीण लड़की थी। उसका भी चेहरा पीला और रो-रोकर थका हुआ, कपड़े मैले और कहीं-कहीं से फटे हुए, सिर के बाल रूखे और बिखरे हुए थे। हाँ, आँखें उसकी नीली थीं—

स्वच्छ आकाश की-सी नीली, जो किसी-किसी वक्त आँसू पोंछने के बाद धुली हुई आकर्षक जान पड़तीं।

पास खड़े हुए लोग इस जुदाई का तमाशा देख रहे थे। ज्यों-ज्यों भीड़ बढ़ती जाती, लड़की सहमी हुई पेड़ की ओट में छिपती जाती। लड़का इन तमाशाइयों के सहारे लड़की को रोक लेना चाहता था। पास खड़े हुए एक बाबू को हाथ जोड़कर कहने लगा, "बाबू साहब, इसे समझाओ, अपना देस होता तो दूसरी बात थी, परदेस में मुझे यूँ छोड़े जा रही है, मैं इसे कहाँ से ढूँढ़ूँगा?"

"तू इसे अस्पताल में क्यों नहीं रखता?" बाबू ने पूछा।

"वहीं पर थी बाबू, पर साहब ने निकाल दिया। वहाँ सिरफ बीमार को रहने देते हैं।"

अब की बाबू ने लड़की से कहा, "अरी, ठीक ही तो कहता है, दो दिन और माँग-खा, जब यह तन्दरुस्त हो जाए तो काम करने लगेगा।"

"यह क्या काम करेगा, घर से ले आया और यहाँ आकर बीमार पड़ गया। मैं कहाँ से माँगकर इसे खिलाऊँ?"

लड़का व्याकुलता से बोल उठा, "अरी, मैं औरत के हाथ का माँगा हुआ खाऊँगा? देखो साहब, यह जोड़ा मैंने इसे सिलवाकर दिया है।"

"तो यह जाना कहाँ चाहती है?" बाबू ने पूछा।

"मैं क्या जानूँ साहब, कहाँ जाना चाहती है!"

लड़की चुप थी।

"अरी, बोलती क्यों नहीं, कहाँ जाएगी?"

अब की रुँधी हुई आवाज में लड़की ने जवाब दिया, "मुझे यहाँ डर लगता है।" और फूट-फूटकर रोने लगी।

इस लड़की का रोना एक भूखे बच्चे के रोने की तरह सरल जान पड़ता था, लेकिन अचम्भे की बात थी कि जिस लड़की को सड़क पर डर लगता है, वह अपने एक मात्र आश्रय को छोड़कर कहाँ जाना चाहती है?

किसी साहब का अधेड़ उम्र का बहरा भी, अपने लड़के के साथ चलते-चलते रुक गया था। पहले तो वार्तालाप सुनता रहा, फिर अपने लड़के से पूछा, "क्यों मंगू, यह रातवाली लड़की तो नहीं क्या?" और जब मंगू ने इसके उत्तर में 'दिक्खे तो वही' जवाब दिया, तो बहरा भीड़ के दायरे के अन्दर आ गया, और बीमार को सम्बोधित करके कहने लगा, "अरे, यह तेरी औरत है? औरत को यूँ फेंक जाते हैं? जानता है, रात-भर क्या बीता इस पे? देखो बाबू, यह लड़की बच गई सो हम हैरान हैं। दो शराबी इसके पीछे पड़ गए। कभी यह रोती-चिल्लाती एक गली में जा छिपती, कभी दूसरी में। दस बार हमारी नींद टूटी होगी रात को।"

इस पर भीड़ में से एक मनचले ने आवाज़ कसी, "अरे, तूने ही तो शराब नहीं पी रखी थी रात को? खूब पहचाना तुमने!"

कई लोग हँसने लगे। बहरा थोड़ी देर हतबुद्धि भीड़ को देखता रहा, फिर चुपचाप भीड़ में से निकलकर चला गया।

जो थोड़ी-सी सहानुभूति लड़की के प्रति बन पाई थी, वह इस एक वाक्य ने छिन्न कर दी। लड़की इस पेड़ के नीचे दूसरी रात न बिताना चाहती थी। व्याकुल और डरी हुई, एक पागल की तरह यहाँ से भाग जाना चाहती थी।

भीड़ के लिए वार्तालाप बोझिल और नीरस हो रहा था। इस एक वाक्य से कइयों के दिल हल्के हुए। एक साहब सिगरेट का कश लगाकर चुटकी बजाते हुए बोले, "यह सब बकवास है, यह इसकी औरत नहीं, साला कहीं से भगा लाया है। अब तंग आ गया है और फेंकना चाहता है।"

"अरे वह तो खुद जाना चाहती है, यह तो उसे रोक रहा है," किसी ने जवाब दिया।

"तो इसे कोई और मिल गया होगा जो जाना चाहती है। साले शहर को गन्दा कर रहे हैं।" और सिगरेट का धुआँ छोड़ते हुए इधर-उधर देखने लगे।

एक दूसरे साहब ने अपना संशय मिटाना चाहा, "क्यों री, यह तेरा खाविन्द है?"

लड़की, डरी हुई, चुप खड़ी रही।

"देखा साहब, मैंने कहा नहीं था? जो खाविन्द होता तो बोलती नहीं?"

लोगों का कुतूहल बढ़ने लगा। लड़की से फिर पूछा गया, "तो इसके साथ भागकर आई हो? शादी नहीं की?"

पीपल की ओट में से, सकुचाते हुए लड़की ने धीरे से जवाब दिया, "शादी करी है, गली में फकीर ने करवाई थी।"

तमाशाइयों में से कई खिलखिलाकर हँसे, "यह बाबू ठीक कहता है, यह शादी इसी तरह की है।"

लोगों को फिकरेबाजी का अच्छा अवसर मिल गया था, लड़की पर तरह-तरह के आक्षेप होने लगे, जैसे किसी पक्षी के पंख नुचने लगें! बीमार ज़मीन पर बैठा, एक हाथ से पेट दबाता हुआ, बड़ी दीनता से, कभी एक की तरफ, कभी दूसरे की तरफ देख रहा था।

"टका जेब में नहीं और आप इश्क करने निकले हैं!" एक ने कहा।

"लड़की जवान है, इसीलिए साला इसे जाने नहीं देता!"

"बीमार है तो भी..."

फिर कई लोग हँसने लगे।

अब एक दाढ़ीवाले सज्जन भी इस भीड़ में खड़े तमाशा देख रहे थे। सिर पर तुर्रेवाली सफेद पगड़ी, काला कोट, गहरी सिलवटोंवाली सलवार, मौका देखकर

सीधे लड़की के पास जा पहुँचे और अपने कामातुर हाथों से उसकी पीठ, कन्धों और बालों को सहलाने लगे और उसे आश्वासन देने लगे।

लड़के ने देखा तो उसका दिल बैठ गया; लेकिन सिवाय व्याकुल याचना के और क्या कर सकता था!

दो फौजी भी चलते-चलते आन खड़े हुए थे। एक ने दूसरे को कहा, ''चीज अच्छी है, करूँ सिफारिश तेरी? सस्ते में काम हो जाएगा। जालिम की आँखें हैं कि बस...''

भीड़ बढ़ने लगी।

यहाँ हर राहजाते के कुतूहल की सामग्री थी—मनोरंजक, कामोत्तेजक! एक लड़की, घर छोड़कर आई हुई, निराश्रय और फिर गरीब! जो कहोगे, सुन लेगी; जो सुनाओगे, सह लेगी। फिकरों की इस बौछार के सामने लड़की का चेहरा जर्द पड़ने लगा, और नीली आँखें त्रस्त हो उठीं। बार-बार सिर पर का आँचल सँभालती हुई, पीपल के सहारे संज्ञाहीन-सी खड़ी थी। और इन्हीं फिकरों में बीमार की क्षीण याचना बार-बार सुनने में आती, ''देख राजो, मत जा...मैं जरूर अच्छा हो जाऊँगा...नहीं हुआ तो देस लौट चलेंगे...अरी, देखती नहीं, मैं किस हालत में हूँ? मेरे पास से मत जा...'' और बार-बार रोने लगता।

एक हिन्दुत्वप्रेमी भी इस भीड़ में खड़े थे। आगे बढ़कर बड़ी गम्भीरता से पूछने लगे, ''अरे, यह लड़का हिन्दू है कि मुसलमान?''

एक दूसरे हिन्दू सज्जन ने जवाब दिया, ''कभी हिन्दू भी लड़कियाँ भगाकर लाते हैं? जरूर मुसलमान होगा कोई!''

एक तीसरे ने कहा, ''इसके गले में तावीज नहीं देखते? मुसलमान ही तो है।''

लेकिन उन्हें फिर शक गुजरा, ''तो फिर यह साला मुसलमान किसी हिन्दू लड़की को तो भगाकर नहीं ले आया?''

लेकिन लड़की के गले में भी एक तावीज बँधा हुआ था जो फकीर द्वारा कराई गई शादी के वक्त, चिरसुहाग की कामना करते हुए उसने फकीर से लेकर पहना था। उसका काला धागा अब भी लड़की की गर्दन पर दीख रहा था, सो बात आगे नहीं बढ़ पाई।

धीरे-धीरे कई एक बातों का पता चला।

केवल दस रोज पहले ही यह शादी हुई थी जब वे दोनों मजदूरी की तलाश में अपना गाँव छोड़कर यहाँ भाग आए थे। दोनों एक-दूसरे के प्रेम में उलझे हुए, बेसुध चले आए। तब इसकी ओर कोई आँख उठाकर भी देखता तो लड़का अपनी जान पर खेल जाता। पहले तो हफ्ता-भर मजदूरी की तलाश में इस नए शहर की खाक छानते रहे। जब मजदूरी मिली तो एक रात लड़का पेट के दर्द से चीख उठा, और रात-भर छटपटाता रहा। राजो किंकर्तव्यविमूढ़ उसके सिरहाने बैठी हाय-हाय करती

रही। सुबह कहीं दर्द शान्त हुआ और लड़का सो गया। पर तीसरे दिन फिर दर्द का दौरा हुआ। अब की आधा दिन और आधी रात तड़पते बीती। राजो काँप उठी। अजनबी शहर में एक-एक क्षण असह्य हो उठा। दूसरे दिन लड़खड़ाते हुए दोनों इस अस्पताल के सामने पहुँचे। खैराती अस्पतालवालों ने रहम खाया और लड़के को तो दाखिल कर लिया, लेकिन लड़की बाहर अकेली रह गई। सारा दिन उसकी खिड़की के पास पड़ी रहती और उसकी सेहत की दुआएँ माँगती। लेकिन एक दिन बड़े साहब ने देख लिया, और झिड़ककर अस्पताल की हद से बाहर निकाल दिया। तब यह माँगने निकली। अस्पताल के पास ही एक रेल का पुल है, जहाँ आने-जानेवालों का सामान दूसरे पार ले जाने का एक पैसा मिलता है। दिन-भर डरती-सकुचाती मजदूरी तो करती रही, लेकिन अपनी नीली आँखों को लोगों की नजरों से न बचा पाई। कल रात जब इसी पीपल के पेड़ के नीचे आकर सोने लगी तो एक नर-पिशाच की परछाईं देखी। राजो पहले तो सहमी, फिर चीखती-चिल्लाती उठ खड़ी हुई और रात-भर उसके ढूँढ़ते साये से भागती फिरी...

दाढ़ीवाले सज्जन और भी दयालु हो रहे थे। उसके कन्धे सहलाते हुए धीरे से कहने लगे, "अगर यहाँ नहीं रहना चाहती, तो तेरा इन्तजाम मैं कर दूँगा, तू अपने देस चली जा। मैं तुझे गाड़ी में बिठला आऊँगा।"

ज्यों-ज्यों यह दाढ़ीवाला आदमी लड़की के नजदीक जाकर उसे आश्वासन देता, बीमार पति का हृदय उतना ही अधिक व्याकुल हो उठता। दर्शकों की फिकरेबाजी लड़के को इतना विचलित न कर पाती थी, जितना कि इस अपरिचित आदमी का आश्वासन।

जब पीछे खड़े हुए दो फौजी मजाक करते हुए चले गए, तब भीड़ कुछ चुप हुई। एक शख्स ने पूछा, "क्यों बे, मजदूरी कहाँ करता है?"

"पुल पर, साहब!" लड़के ने जवाब दिया।

'पुल पर? अरे पुल पर मजदूरी करके इसका पेट भी पालेगा और अपना भी?"

"तो साले, खिला नहीं सकता था तो इस माँ को साथ क्यों उठा लाया था?"

और फिर फिकरों की बौछार पड़ने लगी।

किसी को दया आई। जेब में से चार पैसे निकालकर लड़के के पास फेंके और कहा, "इसे अभी गाँव भेज दे, नहीं तो तेरे हाथ से निकल जाएगी, समझा?"

लड़के ने इकन्नी माथे पर लगाई। उसकी टूटी आशा फिर बनने लगी। याचना-भरे स्वर में सब लोगों से माँगने लगा, "दो दिन और गुजर हो जाने दो बाबू, फिर मैं मजदूरी लायक हो जाऊँगा। हम भिखमंगे नहीं हैं, बाबू!"

सब दर्शकों के सामने से तीन-तीन बार घूम जाने के बाद उसके हाथ में केवल पाँच आने इकट्ठे हो पाए। लड़के ने चुपचाप वह पैसे राजो की मुट्ठी में रख दिये।

ऐन इसी वक्त दूर से लाल पगड़ीवाला सिपाही अपनी गश्त पर आता हुआ नजर आया। लड़की ने उसे देखा तो झट से पेड़ के पीछे छिपकर खड़ी हो गई। बीमार ने सिपाही को आते देखा तो उसका सारा शरीर काँपने लगा। घबराया हुआ बोला, "बाबूजी, इससे पैसे ले लो, नहीं तो सिपाही सब छीन लेगा।"

'अरे, घबराओ नहीं, कुछ नहीं कहेगा।"

"नहीं बाबूजी, यह सब छीन लेगा, यह हमें मिलने भी नहीं देता।"

लड़की ने फौरन आगे बढ़कर साथ खड़े हुए दाढ़ीवाले के हाथ में पैसे रख दिये और फिर छिपकर खड़ी हो गई। सिपाही की नजर जब बीमार पर पड़ी तो वह बढ़ता हुआ चला आया, "उठ हरामजादे, अभी तक यहीं पर बैठा है!"

"हजूर, अभी तक अस्पताल का दरवाजा बन्द नहीं हुआ है। माँग नहीं रहा हूँ। हजूर। अभी चला जाऊँगा।" बीमार ने गिड़गिड़ाकर कहा।

सिपाही ने छूटते ही बीमार की काँपती देह पर जोर से दो ठुड्डे लगाए, और सिर पर थप्पड़ मारा, जिस पर वह हड़बड़ाकर हाथ जोड़ता हुआ, लड़खड़ाता अस्पताल की ओर जाने लगा।

अस्पताल के दरवाजे पर पहुँचकर एक बार फिर लड़के ने चीखकर पुकारा, "राजो, मत जइयो...दो दिन इन पैसों पर गुजर कर। मुझे ठीक हो जाने दे। दोनों देस लौट चलेंगे, यहाँ एक दिन नहीं रहेंगे। मुझे छोड़कर मत जा!" और फिर धीरे-धीरे अपनी दुखती पसलियों पर हाथ रखे, दर्द से हाय-हाय करता हुआ, अँधेरे में खो गया।

सिपाही चला गया। धीरे-धीरे भीड़ भी एक दुःस्वप्न के दृश्य की तरह बिखर गई। लेकिन दाढ़ीवाला, इस दुःस्वप्न की कुरूप छाया की तरह, फिर धीरे-धीरे लड़की के पास पहुँचा। अब अँधेरे में देखनेवाला उसे कोई न था। केवल बीमार, अस्पताल की एक खिड़की के पीछे दोनों हाथों से सींखचों को पकड़े हुए आँखें फाड़-फाड़कर बाहर झाँक रहा था।

ऊब

अध्यापक के भाग्य का निर्णय करते समय विधाता ने कहा, 'हे अध्यापक, तेरे नि:स्वार्थ सरस्वती-पूजन से हम प्रसन्न हुए हैं। इस धनलोलुप जगत में जिस मूक सहनशीलता के साथ तूने दारिद्र्य, अपमान और कठिनाइयों को स्वीकार किया है, वह श्रेयस्कर है। अध्यापक को ऐसा ही होना चाहिए। इस तपस्या के फलस्वरूप, हम तुझे, अपनी प्रसन्नता में, ऊब का वरदान देते हैं। यूँ तो तेरे हर कार्यक्षेत्र में ऊब होगी, जब पढ़ाने बैठेगा तो लड़के भी ऊबेंगे और तू भी ऊबेगा; घर पर बैठेगा तो तेरा परिवार तुझसे और तू परिवार से ऊब उठेगा। परन्तु इस ऊब में वह गहराई नहीं जो तेरे मानसिक विकास में सहायक हो सके। हम तुझे साल में तीन या चार बार, असल, गहरी ऊब का रसपान कराएँगे ताकि तेरे मन की रही-सही चंचलता भी शान्त हो जाए और तू एक सच्चा भारतीय अध्यापक बन सके। और वह होगा यह कि विद्यार्थियों की परीक्षा के समय जब तुझे बिना कुछ कहे, बिना किसी से बात किए या कुछ पढ़े या सोचे, केवल शून्य में ताकते हुए, तीन घंटे के लिए हर रोज निगरानी का काम करना पड़ेगा। ऐसा करने से तू जल्दी ही उस मानसिक जड़ता को पा सकेगा जो एक अध्यापक के जीवन का उद्देश्य है...तथास्तु!'

मैं एक अध्यापक हूँ, विधाता का वरदान पाकर धन्य-धन्य हुआ हूँ। और आज उस दैविक रस को घूँट-घूँट करके पी रहा हूँ जो विधाता ने मुझे सौंपा है।

हॉल कोई साठ फीट के लगभग लम्बा है और कोई चालीस फीट चौड़ा। इसमें विद्यार्थियों की तेरह कतारें, सैनिकों की पाँत की तरह नियमबद्ध रूप में, पेपर लिखने में जुटी हुई हैं। सब लड़कों के सिर एक साथ झुके हुए, सबके दाएँ हाथ एकसाथ लिखते हुए। और कहीं से कोई शब्द सुनाई नहीं दे रहा। हॉल के एक सिरे पर एक ऊँचा प्लेटफार्म है जिस पर सुपरिंटेंडेंट साहब, मेज के पीछे बैठे हुए, अपने मोटे-मोटे गालों पर मोटा-सा चश्मा लगाए कुछ लिख रहे हैं। और हॉल के दूसरे सिरे पर, बड़े दरवाजे के ऐन बाहर, ढीली-ढाली खाकी वर्दी पहने, स्कूल का बूढ़ा चपरासी, अपनी सस्ती, पुरानी ऐनक में से हवा को देखता हुआ, एक स्टूल पर बैठा

है। मेरे दाएँ हाथ की दीवार पर, एक बड़ी गोलाकार घड़ी पौने नौ बजा रही है, और कह रही है कि अभी से क्यों थकने लगे, अभी तो पर्चा शुरू हुए केवल पन्द्रह मिनट हुए हैं।

जब परीक्षा शुरू हुई थी तो इन लड़कों के प्रति मेरे हृदय में तरह-तरह के उद्‌गार उठने लगे थे। ये मेरे अपने विद्यार्थी हैं, मुझसे साल-भर तक शिक्षा ग्रहण करते रहे हैं। आज इनकी परीक्षा होने जा रही है, इनका परिश्रम सफल हो, मेरा पढ़ाया सफल हो। मेरे यहाँ मौजूद होने से इनकी घबराहट कम होगी। दो-एक ने मुझे उठकर नमस्कार भी किया। इस मान से बढ़कर अध्यापक को उत्साहित करने के लिए और क्या पुरस्कार होगा? और यह मान उसे जीवनभर मिलता रहता है; सड़कों के नाकों पर अक्सर अपरिचित हाथ बँधकर खड़े हो जाते हैं; सरकारी दफ्तरों में, डाकखाने या कचहरी में, कोई-न-कोई पुराना शागिर्द, कुर्सी पर से उठ खड़ा होता है। और अध्यापक को अपनी जिन्दगी-भर की थकावट भूल जाती है। पर इतने में ही एक लड़के का प्रश्न का पर्चा उड़कर, गज-भर की दूरी पर जा गिरा। जब मैंने उसकी ओर देखा तो लड़के ने मुझे उठा देने के लिए इशारा किया, जिस पर दो-एक लड़के हँसने लगे। तब सारे उद्‌गार ठंडे पड़ गए। लड़के की कलाई पर सुनहरी घड़ी बँधी थी। मैंने पर्चा उठाकर उसे दे दिया, और इस छोटे-से अपमान से मुँह फेरकर फिर अपनी रेखा पर चलने लगा।

हॉल की दहलीज से लेकर जहाँ छब्बीस लड़कों की लाइन खत्म होती है, वहाँ तक कुल अठारह कदम बनते हैं, और यहाँ मेरी निगरानी की सीमा आ जाती है। इससे आगे एक दूसरे अध्यापक का क्षेत्र शुरू होता है, जिन्हें मैं पहली बार देख रहा हूँ। यह सज्जन अपने दोनों हाथ कुर्ते की जेबों में डाले, दबी जबान में कुछ उच्चारण करते हुए अपनी रेखा पर चल रहे हैं। शायद वह गायत्री का जाप कर रहे हैं, जैसे मैं कदम गिन रहा हूँ। उनका कद लम्बा, और चेहरे पर संस्कृत के अध्यापकों की-सी साधुता है। मेरे बाएँ हाथ की लाइनों में सक्सेना साहब चक्कर काट रहे हैं। यह एक कॉलेज में प्रोफेसर हैं, इस कारण स्कूल के अध्यापकों से बेरुखी से पेश आते हैं। सक्सेना साहब अपनी ऊब की परिधि तक नहीं पहुँचे क्योंकि वह अपनी किसी उधेड़बुन में खोए हुए हैं। एक प्रोफेसर को अपनी चिन्ताओं में कुछ मानसिक रस शायद मिलता होगा। पर, मैं अपनी चिन्ताओं में रस कहाँ से लाऊँ, छोटे-छोटे दुकानदारों के छोटे-छोटे कर्ज, मालिक मकान का तकाजा कि तुम रात को बिजली बहुत देर तक जलाए रखते हो, इनसे तो पल्ला छुड़ाने के लिए मैं स्कूल भाग आता हूँ।...मेरे दाएँ हाथ पर किसी दूसरे स्कूल के अध्यापक हैं—खद्‌दर का कोट, खद्‌दर की ही रंगदार बेमेल पतलून, छोटा माथा, सिर पर के छोटे-छोटे बालों में छिपकली की तरह लेटी हुई चुटिया, स्वयं लड़कों को आमंत्रण देनेवाला चेहरा कि आओ, मुझे छेड़ो। जब भी पीठ मोड़ते हैं तो दो-तीन लड़के अपने-अपने पर्चों पर से कोहनी हटा

लेते हैं ताकि पीछे बैठे हुए लड़के उनके उत्तर पढ़ सकें। वह सज्जन पन्द्रह मिनट चलने के बाद ही कुर्सी पर जा बैठे हैं, और बैठते ही उनका मुँह लटक गया है। चलते रहो तो मन जाग्रत् अवस्था में रहता है, बैठ जाओ तो मन सोने लगता है। इसीलिए मैंने निश्चय किया है कि मैं चलता रहूँगा और कम-से-कम दो घंटे तो चलकर काटूँगा।

घड़ी ने नौ बजाए हैं। अभी अढ़ाई घंटे बाकी हैं।

पिछले पन्द्रह मिनटों में मैं दो बार शिक्षा-मंत्री बन चुका हूँ। शिक्षा-पद्धति में सैकड़ों अकल्पित संशोधन कर चुका हूँ। छह दिन जी तोड़कर मेहनत करता हूँ, सातवें दिन मछलियाँ पकड़ने जाता हूँ और सिगार पीता हूँ। एक भाषण के बाद मैं प्लेटफार्म की सीढ़ियों पर से उतर रहा हूँ जब यही सुपरिंटेंडेंट साहब मेरे गले में फूलों के हार डालने के लिए आ रहे हैं...पर कल्पना के ये व्यंग्यपूर्ण दृश्य मुझे अशान्त और उद्विग्न कर जाते हैं। मुझे मन की एकाग्रता मिलती है तो केवल गिनती करने में। मेरे कदम बदस्तूर चल रहे हैं और मन कदम गिन रहा है। पूरे अठारह कदमों से मेरे क्षेत्र की सीमा आ पहुँचती है। अगर छोटे-से-छोटे कदम रखके चलूँ तो पूरे चौंतीस कदमों में यह लम्बाई पूरी कर पाता हूँ। अगर बड़े-बड़े कदम रखूँ और इस चाल से चलूँ जिससे फौजी लोग किसी अफसर के मर जाने पर अरथी के पीछे-पीछे चलते हैं तो साढ़े पन्द्रह कदमों में अपनी रेखा तक पहुँचता हूँ।

एक बार एक उपदेशक महोदय से सुना था कि प्राणायाम में एकाग्रता लाने का अचूक साधन, मन को किसी वस्तु पर केन्द्रित करने में है। इससे मन में स्थिरता आ जाती है। अतः मैं भी आज प्राणयाम का पहला पाठ पढ़ रहा हूँ। दीवार पर लगी सेठ माणिकलालजी की तस्वीर को ध्यान से देख रहा हूँ और उसका चिन्तन कर रहा हूँ। उनकी आयु चौवन वर्ष के लगभग होगी। चौड़ा ललाट, सिर पर गहरे काले रंग की टोपी, बन्द गले का कोट, तस्वीर गले से नीचे पाँचवें बटन पर समाप्त हो जाती है। इसके नीचे उन्होंने शायद पाजामा पहना होगा। पाँव में क्या होगा, जूती या बूट? पर ध्यान वास्तविकता से भटककर कल्पना में जाने लगता है। सेठजी के कितने बेटे-बेटियाँ थीं; उनकी आवाज गहरी थी या पतली; उनके दाँत असली थे या नकली; कुर्ते के नीचे यज्ञोपवीत पहनते थे या नहीं, किस नम्बर का चश्मा लगाते थे—पर यह सब कल्पना है, प्राणायाम नहीं, और मुझे इस कल्पना में रुचि नहीं। इससे दिमाग थक जाता है और किसी भी अनुमान के सच-झूठ का पता नहीं चलता। कदम गिनने में एकाग्रता भी रहती है और मन भी नहीं थकता।

पर अब मैंने कदम गिनना छोड़ दिया है। अब मैं हॉल की अन्य चीजें गिनने लगा हूँ। हॉल में दस बिजली के पंखे हैं, छह दरवाजे हैं, दो बड़े और चार छोटे। हॉल के ऊपर दीवार के साथ एक खुली गैलरी है जिस पर पन्द्रह अलमारियाँ किताबों से ठसाठस भरी हुई हैं, और एक-एक अलमारी के ऊपर एक-एक रेखाचित्र

है। हॉल में कुल दो सौ पैंसठ लड़के इम्तहान दे रहे हैं। मेरे क्षेत्र में कुल छब्बीस लड़के हैं, केवल दस के पास फाउंटेन पेन है। केवल तीन लड़कों के बूट अच्छी हालत में हैं, बाकी सबके घिसे-पिटे। दो लड़के नंगे पाँव हैं। सात लड़के ऐनक लगाए हुए हैं। एक लड़का बाएँ हाथ से लिख रहा है। अब मैं काले-गोरे, दुबले-मोटे, गरीब-अमीर इत्यादि की अलग-अलग गणना करने लग गया हूँ। आज पहली बार अपने विद्यार्थियों को ध्यान से देख रहा हूँ। दो लड़के जो नंगे पाँव हैं, सदा क्लास में देर से पहुँचते थे। शायद दोनों भाई हैं। जी चाहता है कि उनसे पूछूँ कि उनका घर कहाँ पर है, स्कूल से कितनी दूर है, उनका बाप जीता है या नहीं...

अब और क्या गिनूँ? यहाँ तक कि धोबी की तरह इन लड़कों के कपड़े तक छाँट-छाँटकर गिन चुका हूँ, चार बुश्शर्ट, दो धोतियाँ, बारह पाजामे, तीन कोट, सत्रह कमीजें, दो कुर्ते...हॉल के सब लड़कों तक मैं पहुँच नहीं सकता वरना इनके अंग-प्रत्यंग तक गिन डालता।

घड़ी पर नौ बजकर पच्चीस मिनट हुए हैं। अभी इस यातना के दो घंटे और पाँच मिनट बाकी हैं।

मेरे क्षेत्र से आगे निगरानी करनेवाले सज्जन अब भी अपनी रेखा पर चल रहे हैं। केवल उनके होंठ चलने बन्द हो गए हैं, और हाथ जेबों में से निकलकर पीठ के पीछे बँध गए हैं, और चश्मा आँखों पर से हटकर माथे पर चढ़ गया है। चलने की गति भी शिथिल पड़ गई है। हॉल के बाहर, स्टूल पर बैठे हुए चपरासी ने एक टाँग उठाकर स्टूल के ऊपर रख ली है, और उसी के नीचे पड़ा हुआ खाली जूता, चपरासी को मुँह बाए देख रहा है। सातवीं लाइन का एक अध्यापक कुछ पूछने के लिए सुपरिंटेंडेंट साहब की ओर जा रहा है। वह मुझे देखकर मुस्करा रहा है, लेकिन फीकी-सी, निर्जीव मुस्कान, जैसे उसे मतली आनेवाली हो और उसे छिपा रहा हो!

मैं अब भी चीजें गिन रहा हूँ, मगर किसी कोशिश से नहीं, अन्यमनस्क-सा होकर। पिछले बड़े दरवाजे के तीन शीशे टूटे हुए हैं। टूटे हुए शीशों का अब भी थोड़ा-थोड़ा भाग वहाँ पर अटका हुआ है। मैंने नत्थी के तागे गिन डाले हैं। अब बाँटनेवाले पर्चे गिन रहा हूँ। जब पर्चा समाप्त होगा तो मेरे दिमाग में चीजों के नम्बर-ही-नम्बर चक्कर काटेंगे।

पर मैं अब थक गया हूँ। पाँव बूटों में जकड़े हुए जान पड़ते हैं और लातों में हल्का-हल्का दर्द होने लगा है। क्यों न कुर्सी पर कुछ देर के लिए बैठ जाऊँ? अगर चपरासी की तरह एक लात ऊपर उठाकर बैठूँ तो एक-एक करके दोनों लातों को आराम मिल सकेगा। पर अगर किसी लौंडे ने यों बैठे हुए देख लिया तो मेरा तनिक-सा रौब भी किरकिरा हो जाएगा। इसलिए मैं टाँग पर टाँग रखकर, शराफत से कुर्सी पर जा बैठा हूँ, जैसा तस्वीर खिंचवाने के लिए कोई बैठता है। इतने से ही, कम-से-कम कमर को आराम मिलने लगा है।

मैं फिर खड़ा हुआ हूँ और कपड़ों की धूल झाड़कर, फिर से चहलकदमी करने लग गया हूँ। घड़ी में अब दस बजने में दस मिनट बाकी हैं।

लड़के अब भी पर्चा लिखने में जुटे हुए हैं। उनके लिए समय भागा जा रहा है। पलक मारते तीन घंटे बीत जाएँगे। कई लड़के वक्त की समाप्ति पर भी, पर्चे को कोहनी के नीचे दबाए, तेज रफ्तार से लिखते चले जाएँगे मगर मेरे लिए समय की गति थम गई है, और हॉल और उसकी सब चीजें चित्रवत् खड़ी नजर आती हैं। अपनी-अपनी रेखाओं पर चलते हुए अध्यापक भी इसी चित्र का हिस्सा बन चुके हैं। एक-एक मिनट का बीतना दूभर हो उठा है।

इस निगरानी के मुझे दो रुपए मिलेंगे। हर अध्यापक को दो रुपए मिलेंगे। केवल सुपरिंटेंडेंट साहब को पाँच या सात रुपए मिलेंगे। मैं चार दिन निगरानी करूँगा, आठ रुपए के लिए। अगर दो रुपए की बजाय तीन रुपए भी मिलते तो शायद वक्त कट जाता। पर यह निरर्थक घूमना मुझसे नहीं सहा जाता। मन की जड़ता बढ़ रही है, और पाँव थककर चूर हो गए हैं। और दिल खीज उठा है।

आज पर्चा शुरू होने से पहले, एक अध्यापक ने सुपरिंटेंडेंट साहब को कहा था कि दो रुपए बहुत कम हैं, इस पर कौन अध्यापक निगरानी पर आना पसन्द करेगा, तो वह हँसकर बोले, 'अगर दो रुपए की बजाय यूनिवर्सिटी आठ आने भी देने लगे तो भी अध्यापक लोग इस काम पर आएँगे।' यह चपत खाते ही वह अध्यापक चुप हो गए।

कई सत्य इतने अपमानजनक होते हैं कि उन्हें सुनकर इनसान का मुँह बन्द हो जाता है। क्या मैं कल आऊँगा या नहीं ? तिलमिलाए मन से कोई फैसला करना ठीक नहीं। मैं फिर सोचूँगा। पर आज ज्योंही पर्चा समाप्त होगा, साइकल पर पाँव रखकर सीधा घर चला जाऊँगा। शरीर अब बैठना नहीं चाहता, लेटना चाहता है या किसी से लड़ना या किसी दीवार के साथ माथा फोड़ना। मगर भागकर कैसे जा सकता हूँ ? पहले पर्चे गिनने होंगे, फिर उन्हें सुपरिंटेंडेंट साहब गिनेंगे, फिर जब तक उन्हें बाँध-सीकर, उनकी सीवनों में लाख न लग जाएगी तब तक छुट्टी कहाँ मिलेगी ? इतना ही नहीं, बाहर बैठा चपरासी भी इस इन्तजार में है कि कब पर्चा समाप्त हो और वह मुझसे बात कर पाए। वह क्या बात करना चाहता है ? हॉल में आने से पहले ही क्यों न उसने बात कर ली ? शायद कुछ पैसे माँगना चाहता है, क्योंकि महीने का आखिर है, या शायद अपने बेटे की फीस माफ करवाना चाहता है। इसमें मैं क्या कर सकता हूँ ? इसे कह दूँगा कि कल बात करूँगा, आज नहीं। खुद तो अब दोनों टाँगें स्टूल पर रखे बड़े मजे से बैठा है!

घड़ी ने साढ़े दस बजाए हैं। अब एक घंटा बाकी रह गया है। यह भी धीरे-धीरे कट जाएगा। 'शून्य' का दूसरा छोर नजर आने लग गया है। अभी-अभी लड़के नए कागज माँगने लगेंगे, इसके बाद पर्चे नत्थी करने के लिए तागा लेंगे। मैं इधर-

उधर पहुँचकर कागज बाँटने में जुट रहूँगा। पर अभी तक तो लड़के ज्यों-का-त्यों काम में लगे हुए हैं...

न मालूम कितनी देर तक मैं फिर चलता रहा हूँ और वक्त काटने के उपाय सोचता रहा हूँ। कितनी ही बार थककर कुर्सी पर जा बैठा हूँ, और कितनी ही बार फिर उठकर चक्कर काटने लगा हूँ। मेरी किस्मत तब जागी जब मैं, कुर्सी पर अपना एक पाँव रखे, कुर्सी की पीठ के गोल-गोल छेद गिन रहा था कि 'स्टॉप राइटिंग' का ऊँचा आदेश सुनाई पड़ा और लड़के उठ-उठकर अपने पर्चे देने लगे। हॉल में कागजों की चर्र्-मर्र् का शब्द गूँजने लगा, और मैंने आराम की ठंडी साँस ली।

हॉल के बाहर चपरासी खड़ा राह देख रहा था। उसकी पुरानी वर्दी, मैला बूढ़ा चेहरा, झुके हुए कन्धे और टूटी-फूटी ऐनक मेरी ऊब को और भी असह्य बना रही थी। मैंने हॉल के बाहर पाँव रखा ही था कि वह आगे बढ़ आया। मुझे उसके चेहरे पर हल्की मुस्कान नजर आई। यह मुस्करा क्यों रहा है?

"कहो, क्या बात है, ताराचन्द?"

"अगर आप जल्दी में हों तो कल बात कर लूँ? आप कल भी आएँगे न?"

"नहीं, मैं सोचता हूँ, नहीं आऊँगा। दो रुपए की खातिर कौन यहाँ फिजूल चक्कर काटता फिरे! मैं तो एक ही दिन में थक गया हूँ।"

"नहीं साहब, आज के जमाने में जो मिल जाए, वही अच्छा। छोड़िए नहीं। और काम ही क्या है, मन चाहे तो बैठे रहो, मन चाहे तो घूमते रहो।"

"तुम क्या जानो, आदमी कितना ऊब उठता है!"

पर बूढ़ा ताराचन्द हँसने लगा।

मैं हैरान-सा होकर उसके मुँह की ओर देखने लगा। यह हँस क्यों रहा है? फिर मैं समझ गया। वह भी तो मेरे साथ तीन घंटे तक स्टूल पर ही बैठा रहा है, वह भी तो ऊब उठा होगा। पर मेरा मन ठिठक-सा गया। ताराचन्द के नजदीक जाकर, उसे ध्यान से देखते हुए मैंने पूछा, "ताराचन्द, कितने बरस इस स्कूल में काम किया है?"

"साहब, कोई पच्चीस बरस होने वाले हैं।"

"पच्चीस बरस से तुम इसी तरह स्टूल पर बैठते चले आ रहे हो?"

"जी, यूँ ही समझ लीजिए।" कहकर ताराचन्द हँसने लगा।

"सदा से यही काम है?"

"जी, प्रिंसिपल साहब के दफ्तर के बाहर जो रोज बैठता हूँ, आप देखते ही हैं।"

"कितने घंटे रोज बैठते हो?"

"कभी छह, कभी सात, इतना तो हो ही जाता है।"

मैं काँप उठा। सारा दिन स्टूल पर बैठे रहना उसका काम था। उसी काम पर अपना लड़कपन, जवानी, बुढ़ापा—अपना सारा जीवन अर्पण कर चुका था। बिना

कुछ देखे इसकी आँखें कमजोर पड़ गई थीं। इसी स्टूल पर बैठे-बैठे इसकी पीठ झुक गई थी। केवल शून्य को ही ताकते हुए यह बूढ़ा हो गया था।

"तुम्हें क्या तलब मिलती है, ताराचन्द?"

"साहब, तीन रुपए से शुरू किया था। तब लौंडा-सा था। गाँव से भागकर आया था।"

"भागकर आए थे! वह क्यों?"

"वह लड़कपन के दिन थे साहब, शहर देखने के शौक से भाग आया।" ताराचन्द ने हँसते हुए कहा। उसकी घनी मूँछों के पीछे, उसके टूटे दाँतों की हँसी में अब भी लड़कपन की सरलता छिपी थी।

"तुम्हें मुझसे क्या काम है ताराचन्द?"

"साहब, एक अर्ज है। अगले वर्ष मुझे यहाँ से छुट्टी मिल जाएगी। आप प्रिंसिपल साहब से सिफारिश कर दें कि वह मेरे बेटे को इस काम पर लगा लें। अच्छा समझदार बच्चा है, धीरे-धीरे काम सीख जाएगा।"

"तुम अपने लड़के को भी इसी काम में डालना चाहते हो?"

"और क्या करूँ साहब? एक जगह पर टिक जो जाएगा। धीरे-धीरे तलब भी बढ़ जाएगी। अभी तो वह मानता नहीं, पर जो प्रिंसिपल साहब ने हाँ कर दी तो मैं उसे मनवा लूँगा।"

मैं चुपचाप उसके मुँह की ओर ताकने लगा। मेरा मन जो गिनने का आदी बना हुआ था, अनजाने में उसके चेहरे की झुर्रियाँ गिनने लगा। आँखों के इर्द-गिर्द झुर्रियों के घेरे, गालों पर झुर्रियों की लम्बी-लम्बी लकीरें, माथे पर, कनपटियों पर, कानों के नीचे गले पर झुर्रियों के चक्कर, जो गले को दबोचे हुए हैं। पच्चीस साल की ऊब की झुर्रियाँ गिनना आसान न था।

"मैं कह दूँगा, ताराचन्द, जरूर कह दूँगा।"

मैं कहता हुआ बढ़ गया। पर मुड़कर उसके चेहरे को देखने का साहस न हुआ। ताराचन्द को ऊब का वरदान कहाँ से मिला है?

गंगो का जाया

गंगो की जब नौकरी छूटी तो बरसात का पहला छींटा पड़ रहा था। पिछले तीन दिन से गहरे नीले बादलों के पुंज आकाश में करवटें ले रहे थे, जिनकी छाया में गर्मी से अलसाई हुई पृथ्वी अपने पहले ठंडे उच्छ्वास छोड़ रही थी, और शहर-भर के बच्चे-बूढ़े बरसात की पहली बारिश का नंगे बदन स्वागत करने के लिए उतावले हो रहे थे। यह दिन नौकरी से निकाले जाने का न था। मजदूरी की नौकरी थी बेशक, पर बनी रहती, तो इसकी स्थिरता में गंगो भी बरसात के छींटे का शीतल स्पर्श ले लेती। पर हर शगुन के अपने चिह्न होते हैं। गंगो ने बादलों की पहली गर्जन में ही जैसे अपने भाग्य की आवाज सुन ली थी।

नौकरी छूटने में देर नहीं लगी। गंगो जिस इमारत पर काम करती थी, उसकी निचली मंजिल तैयार हो चुकी थी, अब दूसरी मंजिल पर काम चल रहा था। नीचे मैदान में से गारे की टोकरियाँ उठा-उठाकर छत पर ले जाना गंगो का काम था। मगर आज सुबह जब गंगो टोकरी उठाने के लिए जमीन की ओर झुकी, तो उसके हाथ जमीन तक न पहुँच पाए। जमीन पर, पाँव के पास पड़ी हुई टोकरी को छूना एक गहरे कुएँ के पानी को छूने के समान होने लगा।

इतने में किसी ने गंगो को पुकारा, ''मेरी मान जाओ गंगो, अब टोकरी तुमसे न उठेगी। तुम छत पर ईंट पकड़ने के लिए आ जाओ।''

छत पर, लाल ओढ़नी पहने और चार ईंटें उठाए, दूलो मजदूरन खड़ी उसे बुला रही थी। गंगो ने न माना और फिर एक बार टोकरी उठाने का साहस किया, मगर होंठ काटकर रह गई। टोकरी तक उसका हाथ न पहुँच पाया।

गंगो को बच्चा होनेवाला था, कुछ ही दिन बाकी रह गए थे। छत पर बैठकर ईंट पकड़ने वाला काम आसान था। एक मजदूर, नीचे मैदान में खड़ा एक-एक ईंट उठाकर छत की ओर फेंकता, और ऊपर बैठी हुई मजदूरन उसे झपटकर पकड़ लेती। मगर गंगो का इस काम से खून सूखता था। कहीं झपटने में हाथ चूक जाए, और उड़ती हुई ईंट पेट पर आ लगे तो क्या होगा?

ठेकेदार हर मजदूर के भाग्य का देवता होता है। जो उसकी दया बनी रहे तो मजदूर के सब मनोरथ सिद्ध हो जाते हैं, पर जो देवता के तेवर बदल जाएँ तो अनहोनी भी हो के रहती है। गंगो खड़ी सोच ही रही थी कि कहीं से, मकान की परिक्रमा करता हुआ ठेकेदार सामने आ पहुँचा। छोटा-सा पतला शरीर, काली टोपी, घनी-घनेरी मूँछों में से बीड़ी का धुआँ छोड़ता हुआ, गंगो को देखते ही चिल्ला उठा, ''खड़ी देख क्या रही है? उठाती क्यों नहीं; जो पेट निकला हुआ था, तो आई क्यों थी?''

गंगो धीरे-धीरे चलती हुई ठेकेदार के सामने आ खड़ी हुई। ठेकेदार का डर होते हुए भी गंगो के होंठों पर से वह हल्की-सी स्निग्ध मुस्कान ओझल न हो पाई, जो महीने-भर से उसके चेहरे पर खेल रही थी, जब से बच्चे ने गर्भ में ही अपने कौतुक शुरू कर दिये थे और गंगो की आँखें जैसे अन्तर्मुखी हो गई थीं। ठेकेदार झगड़ता तो भी शान्त रहती, और जो उसका घरवाला बात-बात पर तुनक उठता, तो भी चुपचाप सुनती रहती।

''काम क्यों नहीं करूँगी? छत पर ईंट पकड़ने का काम दे दो, वह कर लूँगी।'' गंगो ने निश्चय करते हुए कहा।

''तेरे बाप का मकान बन रहा है, जो जी चाहा, करेगी? चल, दूर हो यहाँ से! आधे दिन के पैसे ले और दफा हो जा! हरामखोर आ जाते हैं...''

''तुम्हें क्या फर्क पड़ेगा, दूलो मेरा काम कर लेगी, मैं उसकी जगह चली जाऊँगी, काम तो होता रहेगा।''

''पहले पेट खाली करके आओ, फिर काम मिलेगा।''

क्षण-भर में ठेकेदार का रजिस्टर खुल गया और गंगो के नाम पर लकीर फिर गई।

ऐन उसी वक्त बारिश का छींटा भी पड़ने लगा था। गंगो ने समझ लिया कि जो आसमान में बादल न होते तो काम पर से भी छुट्टी न मिलती। आकाश में बादल आए नहीं, कि ठेकेदार को काम खत्म करने की चिन्ता हुई नहीं। इस हालत में गर्भवाली मजदूरन को कौन काम पर रखेगा? गंगो चुपचाप, ओढ़नी के पल्ले से अपने गर्भ को ढँकती हुई बाहर निकल आई।

उन दिनों दिल्ली फिर से जैसे बसने लगी थी। कोई दिशा या उपदिशा ऐसी न थी, जहाँ नई आबादियों के झुरमुट न उठ रहे हों। नए मकानों की लम्बी कतारें, समुद्र की लहरों की तरह फैलती हुई, अपने प्रसार में दिल्ली के कितने ही खँडहर और स्मृति-कंकाल रौंदती हुई, बढ़ रही थीं। देखते-ही-देखते एक नई आबादी, गर्व से माथा ऊँचा किए, समय का उपहास करती हुई खड़ी हो जाती। लोग कहते, दिल्ली फिर से जवान हो रही है। नई आबादियों की बाढ़-सी आ गई थी। नया राष्ट्र, नए निर्माण-कार्य, लोगों को इस फैलती राजधानी पर गर्व होने लगा था।

जहाँ कहीं किसी नई आबादी की योजना पनपने लगती, तो सैकड़ों मजदूर खिंचे हुए, अपने फूस के छप्पर कन्धों पर उठाए, वहाँ जा पहुँचते, और उसी की बगल में अपनी झोंपड़ी की बस्ती खड़ी कर लेते। और जब वह नई आबादी बनकर तैयार हो जाती, तो फिर मजदूरों की टोलियाँ अपने फूस के छप्पर उठाए, किसी दूसरी आबादी की नींव रखने चल पड़तीं। मगर ज्योंही बरसात के बादल आकाश में मँडराने लगते, तो सब काम ठप्प हो जाता, और मजदूर अपने झोंपड़ों में बैठे, आकाश को देखते हुए, चौमासे के दिन काटने लगते। कई मजदूर अपने गाँवों को चले जाते, पर अधिकतर छोटे-मोटे काम की तलाश में सड़कों पर घूमते रहते। काम इतना न था जितने मजदूर आ पहुँचते थे। दिल्ली के हर खँडहर की अपनी गाथा है, कहानी है, पर मजदूर की फूस की झोंपड़ी का खँडहर क्या होगा, और कहानी क्या होगी? हँसती-खेलती नई आबादियों में इन झोंपड़ों का, या इन झोंपड़ों में खेले गए नाटकों का, स्मृति-चिह्न भी नहीं मिलता।

उस रात गंगो और उसका पति घीसू, देर तक झोंपड़े के बाहर बैठे अपनी स्थिति पर सोचते रहे।

''जो छुट्टी मिल गई थी तो घर क्यों चली आई? कहीं दूसरी जगह काम देखती!''

''देखा है। इस हालत में कौन काम देगा? जहाँ जाओ, ठेकेदार पेट देखने लगते हैं।''

झोंपड़े के अन्दर उनका छह बरस का लड़का रीसा सोया पड़ा था। घीसू कई दिनों से चिन्तित था। तीन आदमी खानेवाले, और कमानेवाला अब केवल एक, और छप्पर, चौमासा और गंगो की हालत! उसका मन खीज उठा। अगर और पन्द्रह-बीस रोज मजदूरी पर निकल जाते, तो क्या मुश्किल था? गर्भवती औरतें बच्चा होनेवाले दिन तक काम पर जुटी रहती हैं। घीसू गठीले बदन का, नाटे कद का मजदूर था, जो किसी बात पर तुनक उठता तो घंटों उसका मन अपने काबू में न रहता। थोड़ी देर चिलम के कश लगाने के बाद धीरे-धीरे कहने लगा, ''तुम गाँव चली जाओ।''

''गाँव में मेरा कौन है?''

''तू पहले से ही सब पाठ पढ़े हुए है, तू इस हालत में जाएगी, तो तुझे घर से निकाल देंगे?''

''मैं कहीं नहीं जाऊँगी। तुम्हारा भाई जमीन पर पाँव नहीं रखने देगा। दो दफे तो तुमसे लड़ने-मरने की नौबत आ चुकी है।''

''तो यहाँ क्या करेगी? मेरे काम का भी कोई ठिकाना नहीं। सुनते हैं, सरकार ज्याद मजदूर लगाकर तीन दिन में बाकी सड़क तैयार कर देना चाहती है।''

"मरम्मती काम तो चलता रहेगा?" गंगो ने धीरे से कहा।

"मरम्मती काम से तीन जीव खा सकते हैं? एक दिन काम है, चार दिन नहीं।"

काफी रात गए तक यह उधेड़बुन चलती रही।

सोमवार को गंगो काम पर से बरखास्त हुई, और सनीचर तक पहुँचते-पहुँचते झोंपड़ी की गिरस्ती डाँवाडोल हो गई। माँ, बाप और बेटा—तीन जीवन खानेवाले, और कमानेवाला केवल एक। गंगो काम की तलाश में सुबह घर से निकल जाती, और दोपहर तक बस्ती के तीन-तीन चक्कर काट आती। किसी से काम का पूछती तो या तो वह हँसने लगता, या आसमान पर मँडराते बादल दिखा देता। सड़कों पर दर्जनों मजदूर दोपहर तक घूमते हुए नजर आने लगे। फिर एक दिन जब घीसू ने घर लौटकर सुना दिया कि सरकारी सड़क का काम समाप्त हो चुका है, तो घीसू और गंगो, मजदूरों के स्तर से लुढ़ककर आवारा लोगों के स्तर पर आ पहुँचे। कभी चूल्हा जलता, कभी नहीं। भरपेट खाना किसी को न मिल पाता। छोटा बालक रीसा, जो दिन-भर खेलते न थकता था, अब झोंपड़े के इर्द-गिर्द ही मँडराता रहता। पति-पत्नी रोज रात को झोंपड़े के बाहर बैठते, झगड़ते, परामर्श करते और बात-बात पर खीज उठते।

फिर एक रात, हजार सोचने और भटकने के बाद घीसू के उद्विग्न मन ने घर का खर्चा कम करने की तरकीब सोची। अधभरे पेट की भूख को चिलम के धुएँ से शान्त करते हुए बोला, "रीसे को किसी काम पर लगा दें।"

"रीसा क्या करेगा, छोटा-सा तो है!"

"छोटा है? चंगे भले आदमी का राशन खाता है। इस जैसे सब लड़के काम करते हैं।"

गंगो चुप रही। कमाऊ बेटा किसे अच्छा नहीं लगता? मगर रीसा अभी सड़क पर चलता भी था, तो बाप का हाथ पकड़कर। वह क्या काम करेगा? पर घीसू कहता गया, "इस जैसे लौंडे बूटपालिस करते हैं, साइकिलों की दुकानों पर काम करते हैं, अखबार बेचते हैं, क्या नहीं करते? कल इसे मैं गणेशी के सपुर्द कर दूँगा, इसे बूटपालिस करना सिखा देगा।"

गणेशी घीसू के गाँव का आदमी था। इस बस्ती से एक फर्लांग दूर, पुल के पास छोटी-सी कोठरी में रहता था। एक छोटा-सा सन्दूकचा कन्धे पर लटकाए गलियों के चक्कर काटता और बूटों के तलवे लगाया करता था।

दूसरे दिन घीसू काम की खोज में झोंपड़े में से निकलते हुए गंगो को कह गया, 'मैं गणेशी को रास्ते में कहता जाऊँगा। तू सूरज चढ़ने तक रीसे को उसके पास भेज देना।'

रीसा काम पर निकला। छोटा-सा पतला शरीर, चकित, उत्सुक आँखें, बदन पर एक ही कुर्ता लटकाए हुए। गणेशी के घर तक पहुँचना कौन-सी आसान बात

थी। रास्ते में प्रकृति रीसे के मन को लुभाने के लिए जगह-जगह मायाजाल फैलाए बैठी थी। किसी जगह दो लौंडे झगड़ रहे थे, उनका निपटारा करना जरूरी था, रीसा घंटा-भर उन्हीं के साथ घूमता रहा; कहीं एक भैंस कीचड़ में फँसी पड़ी थी; कहीं पर एक मदारी अपने खेल दिखा रहा था, रीसा दिन-भर घूम-फिरकर, दोपहर के वक्त, हाथ में एक छड़ी घुमाता हुआ घर लौट आया।

कह देना आसान था कि रीसा काम करे, मगर रीसे को काम में लगाना नए बैल को हल में जोतने के बराबर था। पर उधर झोंपड़े में बची-बचाई रसद क्षीण होती जा रही थी। दूसरे दिन घीसू उसे स्वयं गणेशी के सुपुर्द कर आया, और पाँच-सात आने पैसे भी पॉलिश की डिबिया और ब्रुश के लिए दे आया।

उस दिन तो रीसा जैसे हवा में उड़ता रहा। दिल्ली की नई-नई गलियाँ घूमने को मिलीं, नए-नए लोग देखने को मिले। चप्पे-चप्पे पर आकर्षण था। रीसे की समझ में न आया कि बाप गुस्सा क्यों हो रहा था जब उसे यहाँ घूमने के लिए भेजना चाहता था। दुकानें रंग-बिरंगी चीजों से लदी हुई और भीड़ इतनी कि रीसे का लुब्ध मन भी चकरा गया।

रीसे की माँ सड़क पर आँखें गाड़े उसकी राह देख रही थी, जब रीसा अपने बोझिल पाँव खींचता हुआ घर पहुँचा। अपने छह साल के नन्हे-से जीवन में वह इतना कभी नहीं चल पाया था, जितना कि वह आज एक दिन में। मगर माँ को मिलते ही वह उसे दिनभर की देखी-दिखाई सुनाने लगा। और जब बाप काम पर से लौटा तो रीसा अपना ब्रुश और पॉलिश की डिबिया उठाकर भागता हुआ उसके पास जा पहुँचा, "बप्पू, तेरा जूता पॉलिस कर दूँ?"

जिसे सुनकर, घीसू के हर वक्त तने हुए चेहरे पर भी हल्की-सी मुस्कान दौड़ गई।

"मेरा नहीं, किसी बाबू का करना जो पैसे भी देगा।"

और गंगो और उसका पति, अपने कमाऊ बेटे की दिनचर्या सुनते हुए, कुछ देर के लिए अपनी चिन्ताएँ भूल गए।

दूसरा दिन आया। घीसू और रीसा अपने-अपने काम पर निकले। दो रोटियाँ, एक चिथड़े में लिपटी हुई, घीसू की बगल के नीचे, और एक रोटी रीसे की बगल के नीचे। दोनों सड़क पर इकट्ठे उतरे और फिर अपनी-अपनी दिशा में जाने के लिए अलग हो गए।

पर आज रीसा जब सड़क की तलाई पार करके पुल के पास पहुँचा तो गणेशी वहाँ पर नहीं था।

थोड़ी देर तक मुँह में उँगली दबाए वह पुल पर आते-जाते लोगों को देखता रहा, फिर गणेशी की तलाश में आगे निकल गया। शहर की गलियाँ, एक के बाद दूसरी, अपना जटिल इन्द्रजाल फैलाए, जैसे रीसे के इन्तजार में ही बैठी थीं। एक

के बाद दूसरी गली में वह बढ़ने लगा, मगर किसी में भी उसे कल का परिचित रूप नजर नहीं आया, न ही कहीं गणेशी की आवाज सुनाई दी। थोड़ी देर तक घूमने के बाद रीसा एक गली के मोड़ पर बैठ गया, अपनी पॉलिश की डिबिया और ब्रुश सामने रख लिये और अपने पहले ग्राहक का इन्तजार करने लगा। गणेशी की तरह उसने मुँह टेढ़ा करके 'पॉलिश श श...!' शब्द पूरी चिल्लाहट के साथ पुकारा। पहले तो अपनी आवाज ही सुनकर स्तब्ध हो रहा, फिर निःसंकोच बार-बार पुकारने लगा। पाँच-सात मर्तबा जोर-जोर से चिल्लाने पर एक बाबू, जो सामने एक दुकान की भीड़ में सौदा खरीदने के इन्तजार में खड़ा था, रीसे के पास चला आया।

"पॉलिश करने का क्या लोगे?"

"जो खुशी हो, दे देना।" रीसे ने गणेशी के वाक्य को दोहरा दिया।

बाबू ने बूट उतार दिये, और दुकान की भीड़ में फिर जाकर खड़ा हो गया।

रीसे ने अपनी डिबिया खोली। गणेशी के वाक्य तो वह दोहरा सकता था, मगर उसकी तरह हाथ कैसे चलाता? बूट पर पॉलिश क्या लगी जितनी उसकी टाँगों, हाथों और मुँह को लगी। एक जूते पर पॉलिश लगाने में रीसे की आधी डिबिया खर्च हो गई। अभी बूट के तलवे पर पॉलिश लगाने की सोच ही रहा था कि बाबू सामने आन खड़ा हुआ। रीसे के हाथ अनजाने में ठिठक गए। बाबू ने बूटों की हालत देखी, आव देखा न ताव, जोर से रीसे के मुँह पर थप्पड़ दे मारा, जिससे रीसे का मुँह घूम गया। उसकी समझ में न आया कि बात क्या हुई है। गणेशी को तो किसी बाबू ने थप्पड़ नहीं मारा था।

"हरामजादे, काले बूटों पर लाल पॉलिश!" और गुस्से में गालियाँ देने लगा।

पास खड़े लोगों ने यह अभिनय देखा—कुछ हँसे, कुछ-एक ने बाबू को समझाया, दो-एक ने रीसे को गालियाँ दीं, और उसके बाद बाबू गालियाँ देता हुआ, बूट पहनकर चला गया। रीसा हैरान और परेशान—कभी एक के मुँह की तरफ, कभी दूसरे के मुँह की तरफ देखता रहा, और फिर वहाँ से उठकर, धीरे-धीरे गली के दूसरे कोने पर जाकर खड़ा हो गया। हर राह जाते बाबू से उसे डर लगने लगा। गणेशी की तरह 'पॉलिश श श!' चिल्लाने की उसकी हिम्मत न हुई। रीसे को माँ की याद आई, और उल्टे पाँव वापस हो लिया। मगर गलियों का कोई छोर-किनारा न था, एक गली के अन्त तक पहुँचता तो चार गलियाँ और सामने आ जातीं। अनगिनत गलियों में घूमने के बाद वह घबराकर रोने लगा, मगर वहाँ कौन उसके आँसू पोंछनेवाला था। एक गली के बाद दूसरी गली लाँघता हुआ, कभी गणेशी की तलाश में, कभी माँ की तलाश में वह दोपहर तक घूमता रहा। बार-बार रोता हुआ बार-बार स्तब्ध और भयभीत चुप हो जाता। फिर शाम हुई और थोड़ी देर बाद गलियों में अँधेरा छाने लगा। एक गली के नाके पर खड़ा सिसकियाँ ले रहा था कि उस जैसे ही लड़कों का टोला यहाँ-वहाँ से इकट्ठा होकर उसके पास आ पहुँचा।

एक छोटे-से लड़के ने अपनी फटी हुई टोपी सिर पर खिसकाते हुए कहा, ''अबे साले, रोता क्यों है ?''

दूसरे ने उसका बाजू पकड़ा और रीसे को खींचते हुए एक बरांडे के नीचे ले गया। तीसरे ने उसे धक्का दिया। चौथे ने उसके कन्धे पर हाथ रखे हुए, उसे बरांडे के एक कोने में बिठा दिया। फिर उस छोटे-से लड़के ने अपने कुर्ते की जेब में से थोड़ी-सी मूँगफली निकालकर रीसे की झोली में डाल दी।

''ले साले, कभी कोई रोता भी है ? हमारे साथ घूमा कर, हम भी बूट पालिश करते हैं।''

आधी रात गए, नन्हा रीसा, जीवन की एक पूरी मंजिल एक दिन में लाँघकर, अपने सिर के नीचे ब्रुश और पॉलिश की डिबिया और एक छोटा-सा चिथड़ा रखे, उसी बरांडे की छत के नीचे अपनी यात्रा के नए साथियों के साथ, भाग्य की गोद में सोया पड़ा था।

उधर, झोंपड़े के अन्दर लेटे-लेटे, कई घंटे की विफल खोज के बाद, घीसू गंगो को आश्वासन दे रहा था, ''मुझे कौन काम सिखाने आया था ? सभी गलियों में ही सीखते हैं। मरेगा नहीं, घीसू का बेटा है, कभी न कभी तुझे मिलने आ जाएगा।''

घीसू का उद्विग्न मन जहाँ बेटे के यों चले जाने पर व्याकुल था, वहाँ इस दारुण सत्य को भी न भूल सकता था कि अब झोंपड़े में दो आदमी होंगे, और बरसात कटने तक, और गंगो की गोद में नया जीव आ जाने तक, झोंपड़ा शायद सलामत खड़ा रह सकेगा।

गंगो झोंपड़े की बालिश्त-भर ऊँची छत को ताकती हुई चुपचाप लेटी रही। उसी वक्त गंगो के पेट में उसके दूसरे बच्चे ने करवट ली। जैसे संसार का नवागन्तुक संसार का द्वार खटखटाने लगा हो! और गंगो ने सोचा—यह क्यों जन्म लेने के लिए इतना बेचैन हो रहा है ? गंगों का हाथ कभी पेट के चपल बच्चे को सहलाता, कभी आँखों से आँसू पोंछने लगता।

आकाश पर बरसात के बादलों से खेलती हुई चाँद की किरणों के नीचे नए मकानों की बस्ती झिलमिला रही थी। दिल्ली फिर बस रही थी, और उसका प्रसार दिल्ली के बढ़ते गौरव को चार चाँद लगा रहा था।

भाग्य-रेखा

कनाट सरकस के बाग में जहाँ नई दिल्ली की सब सड़कें मिलती हैं, जहाँ शाम को रसिक और दोपहर को बेरोज़गार आ बैठते हैं, तीन आदमी, खड़ी धूप से बचने के लिए, छाँह में बैठे, बीड़ियाँ सुलगाए बातें कर रहे हैं। और उनसे जरा हटकर, दाईं ओर, एक आदमी खाकी-से कपड़े पहने, अपने जूतों का सिरहाना बनाए, घास पर लेटा हुआ मुतवातर खाँस रहा है। पहली बार जब वह खाँसा तो मुझे बुरा लगा। चालीस-पैंतालीस वर्ष का कुरूप-सा आदमी, सफेद छोटे-छोटे बाल, काला, झाइयों-भरा चेहरा, लम्बे-लम्बे दाँत और कन्धे आगे को झुके हुए, खाँसता जाता और पास ही घास पर थूकता जाता। मुझसे न रहा गया। मैंने कहा, ''सुना है, विलायत में सरकार ने जगह-जगह पीकदान लगा रखे हैं, ताकि लोगों को घास-पौधों पर न थूकना पड़े।''

उसने मेरी ओर निगाह उठाई, पल-भर घूरा, फिर बोला, ''तो साहब, वहाँ लोगों को ऐसी खाँसी भी न आती होगी।'' फिर खाँसा, और मुस्कराता हुआ बोला, 'बड़ी नामुराद बीमारी है, इसमें आदमी घुलता रहता है, मरता नहीं।'

मैंने सुनी-अनसुनी करके, जेब में से अखबार निकाला और देखने लगा। पर कुछ देर बाद कनखियों से देखा, तो वह मुझ पर टकटकी बाँधे मुस्करा रहा था। मैंने अखबार छोड़ दिया, ''क्या धन्धा करते हो?''

''जब धन्धा करते थे तो खाँसी भी यूँ तंग न किया करती थी।''

''क्या करते थे?''

उस आदमी ने अपने दोनों हाथों की हथेलियाँ मेरे सामने खोल दीं। मैंने देखा, उसके दाएँ हाथ के बीच की तीन उँगलियाँ कटी थीं। वह बोला, ''मशीन से कट गईं। अब मैं नई उँगलियाँ कहाँ से लाऊँ? जहाँ जाओ, मालिक पूरी दस उँगलियाँ माँगता है,'' कहकर हँसने लगा।

''पहले कहाँ काम करते थे?''

''कालका वर्कशाप में।''

हम दोनों फिर चुप हो गए। उसकी रामकहानी सुनने को मेरा जी नहीं चाहता था, बहुत-सी रामकहानियाँ सुन चुका था। थोड़ी देर तक वह मेरी तरफ देखता रहा, फिर छाती पर हाथ रखे लेट गया। मैं भी लेटकर अखबार देखने लगा, मगर थका हुआ था, इसलिए मैं जल्दी ही सो गया।

जब मेरी नींद टूटी तो मेरे नजदीक धीमा-धीमा वार्तालाप चल रहा था, "यहाँ पर भी तिकोन बनती है, जहाँ आयु की रेखा और दिल की रेखा मिलती हैं। देखा? तुम्हें कहीं से धन मिलनेवाला है।"

मैंने आँखें खोलीं। वही दमे का रोगी घास पर बैठा, उँगलियाँ कटे हाथ की हथेली एक ज्योतिषी के सामने फैलाए अपनी किस्मत पूछ रहा था।

"लाग-लपेटवाली बात नहीं करो, जो हाथ में लिखा है, वही पढ़ो।"

"इधर अँगूठे के नीचे भी तिकोन बनती है। तेरा माथा बहुत साफ है, धन जरूर मिलेगा।"

"कब?"

"जल्दी ही।"

देखते-ही-देखते उसने ज्योतिषी के गाल पर एक थप्पड़ दे मारा। ज्योतिषी तिलमिला गया।

"कब धन मिलेगा? धन मिलेगा! तीन साल से भाई के टुकड़ों पर पड़ा हूँ, कहता है, धन मिलेगा!"

ज्योतिषी अपना पोथी-पत्रा उठाकर जाने लगा, मगर यजमान ने कलाई खींचकर बिठा लिया, "मीठी-मीठी बातें तो बता दीं, अब जो लिखा है, वह बता, मैं कुछ नहीं कहूँगा।"

ज्योतिषी कोई बीस-बाईस वर्ष का युवक था। काला चेहरा, सफेद कुर्ता और पाजामा जो जगह-जगह से सिला हुआ था। बातचीत के ढंग से बंगाली जान पड़ता था। पहले तो घबराया फिर हथेली पर यजमान का हाथ लेकर रेखाओं की मूकभाषा पढ़ता रहा। फिर धीरे से बोला, "तेरे भाग्य-रेखा नहीं है।"

यजमान सुनकर हँस पड़ा, "ऐसा कह न साले, छिपाता क्यों है? भाग्य-रेखा कहाँ होती है?"

"इधर, यहाँ से उस उँगली तक जाती है।"

"भाग्य-रेखा नहीं है तो धन कहाँ से मिलेगा?"

"धन जरूर मिलेगा। तेरी नहीं तो तेरी घरवाली की रेखा अच्छी होगी। उसका भाग्य तुझे मिलेगा। ऐसे भी होता है।"

"ठीक है, उसी के भाग्य पर तो अब तक जी रहा हूँ। वही तो चार बच्चे छोड़कर अपनी राह चली गई है।"

ज्योतिषी चुप हो गया। दोनों एक-दूसरे के मुँह की ओर देखने लगे। फिर यजमान ने अपना हाथ खींच लिया, और ज्योतिषी को बोला, "तू अपना हाथ दिखा।"

ज्योतिषी सकुचाया, मगर उससे छुटकारा पाने का कोई साधन न देखकर, अपनी हथेली उसके सामने खोल दी, "यह तेरी भाग्य-रेखा है?"

"हाँ।"

"तेरा भाग्य तो बहुत अच्छा है। कितने बँगले हैं तेरे?"

ज्योतिषी ने अपनी हथेली बन्द कर ली और फिर पोथी-पत्रा सहेजने लगा, "बैठ जा इधर। कब से यह धन्धा करने लगा है?"

ज्योतिषी चुप।

दमे के रोगी ने पूछा, "कहाँ से आया है?"

"पूर्वी बंगाल से।"

"शरणार्थी है?"

"हाँ।"

"पहले भी यही धन्धा या?"

ज्योतिषी फिर चुप। तनाव कुछ ढीला पड़ने लगा। यजमान धीरे से बोला, "हमसे क्या मिलेगा! जा, किसी मोटरवाले का हाथ देख।"

ज्योतिषी ने सिर हिलाया, "वह कहाँ दिखाते हैं! जो दो पैसे मिलते हैं, तुम्हीं जैसों से।"

सूर्य सामने पेड़ के पीछे ढल गया था। इतने में पाँच-सात चपरासी सामने से आए और पेड़ के नीचे बैठ गए, "जा, उनका हाथ देख। उनकी जेबें खाली न होंगी।"

मगर ज्योतिषी सहमा-सा बैठा रहा। एकाएक बाग की आबादी बढ़ने लगी। नीले कुर्ते-पाजामे पहने, लोगों की कई टोलियाँ, एक-एक करके आईं, और पास के फुटपाथ पर बैठने लगीं।

फिर एक नीली-सी लारी झपटती हुई आई, और बाग के ऐन सामने रुक गई। उसमें से पन्द्रह-बीस लट्ठधारी पुलिसवाले उतरे और सड़क के पार एक कतार में खड़े हो गए। बाग की हवा में तनाव आने लगा। राहगीर पुलिस को देखकर रुकने लगे। पेड़ों के तले भी कुछ मजदूर आ जुटे।

"लोग किसलिए जमा हो रहे हैं?" ज्योतिषी ने यजमान से पूछा।

"तुम नहीं जानते? आज मई दिवस है, मजदूरों का दिन है।"

फिर यजमान गम्भीर हो गया, "आज के दिन मजदूरों पर गोली चली थी।"

मजदूरों की तादाद बढ़ती ही गई। और मजदूरों के साथ खोमचेवाले, मलाई, बरफ, मूँगफली, चाट, चबेनेवाले भी आन पहुँचे, और घूम-घूमकर सौदा बेचने लगे।

इतने में शहर की ओर से शोर सुनाई दिया। बाग से लोग दौड़-दौड़कर फुटपाथ पर जा खड़े हुए। सड़क के पार सिपाही लाठियाँ सँभाले तनकर खड़े हो गए।

जुलूस आ रहा था। नारे गूँज रहे थे। हवा में तनाव बढ़ रहा था। फुटपाथ पर खड़े लोग भी नारे लगाने लगे।

पुलिस की एक और लारी आ लगी, और लट्ठधारी सिपाही कूद-कूदकर उतरे।

"आज लाठी चलेगी।" यजमान ने कहा।

पर किसी ने कोई उत्तर न दिया।

सड़क के दोनों ओर भीड़ जम गई। सवारियों का आना-जाना रुक गया। शहरवाली सड़क पर से एक जुलूस बाग की तरफ बढ़ता हुआ नजर आया। फुटपाथ वाले भी उसमें जा-जाकर मिलने लगे। इतने में दो और जुलूस अलग-अलग दिशा से बाग की तरफ आने लगे। भीड़ जोश में आने लगी। मजदूर बाग के सामने आठ-आठ की लाइन बनाकर खड़े होने लगे। नारे आसमान तक गूँजने लगे, और लोगों की तादाद हजारों तक जा लगी। सारे शहर की धड़कन मानो इसी भीड़ में पुंजीभूत हो गई हो! कई जुलूस मिलकर एक हो गए। मजदूरों ने झंडे उठाए और आगे बढ़ने लगे। पुलिसवालों ने लाठियाँ उठा लीं और साथ-साथ जाने लगे।

फिर वह भीमाकार जुलूस धीरे-धीरे आगे बढ़ने लगा। कनाट सरकस की मालदार, धुली-पुती दीवारों के सामने वह अनोखा लग रहा था, जैसे नीले आकाश में सहमा अँधियारे बादल करवटें लेने लगें! धीरे-धीरे चलता हुआ जुलूस उस ओर घूम गया जिस तरफ से पुलिस की लारियाँ आई थीं। ज्योतिषी अपनी उत्सकुता में बेंच के ऊपर आ खड़ा हुआ था। दमे का रोगी, अब भी अपनी जगह पर बैठा, एकटक जुलूस को देख रहा था।

दूर होकर नारों की गूँज मंदतर पड़ने लगी। दर्शकों की भीड़ बिखर गई। जो लोग जुलूस के संग नहीं गए, वे अपने घरों की ओर रवाना हुए। बाग पर धीरे-धीरे दुपहर जैसी ही निस्तब्धता छाने लगी। इतने में एक आदमी, जो बाग के आर-पार तेजी से भागता हुआ जुलूस की ओर आ रहा था, सामने से गुजरा। दुबला-सा आदमी, मैली गंजी और जाँघिया पहने हुए। यजमान ने उसे रोक लिया, "क्यों दोस्त, जरा इधर तो आओ।"

"क्या है?"

"यह जुलूस कहाँ जाएगा?"

"पता नहीं। सुनते हैं, अजमेरी गेट, दिल्ली दरवाजा होता हुआ लाल किले जाएगा, वहाँ जलसा होगा।"

"वहाँ तक पहुँचेगा भी? यह लट्ठधारी जो साथ जा रहे हैं, जो रास्ते में गड़बड़ हो गई तो?"

"अरे, गड़बड़ तो होती ही रहती है, तो जुलूस रुकेगा थोड़े ही," कहता हुआ वह आगे बढ़ गया।

दमे का रोगी जुलूस के ओझल हो जाने तक, टकटकी बाँधे उसे देखता रहा। फिर ज्योतिषी के कन्धे को थपथपाता हुआ, उसकी आँखों में आँखें डालकर मुस्कराने लगा। ज्योतिषी फिर कुछ सकुचाया, घबराया।

यजमान बोला, "देखा साले?"

"हाँ, देखा है।"

अब भी यजमान की आँखें जुलूस की दिशा में अटकी हुई थीं। फिर मुस्कराते हुए, अपनी उँगलियाँ—कटी हथेली ज्योतिषी के सामने खोल दी, "फिर देख हथेली, साले, तू कैसे कहता है कि भाग्य-रेखा कमजोर है?"

और फिर बाएँ हाथ से छाती को थामे जोर-जोर से खाँसने लगा।

घर-बेघर

थानेदार करमचन्द, थाने की मेज पर दोनों टाँगें फैलाए, अपने मित्र के सामने अपना दुखड़ा रो रहे थे।

"कसम है जो यहाँ फूटी कौड़ी भी कभी ऊपर से मिली हो! जब से मैं इस इलाके में आया हूँ, बस, मिट्टी छान रहा हूँ। दूसरे इलाकों के थानेदार हैं, जिस चीज पर हाथ रखते हैं, सोना हो जाती है; एक-एक के घर छह-छह कालीन हैं। यहाँ गुजारा चलाने के लिए भी पैसे नहीं।"

उनका मित्र, खिड़की के पास खड़ा, सिगरेट के कश लगाता हुआ, बाहर देख रहा था। खिड़की के सामने, थोड़ी दूरी पर, एक पक्की ईंटों की दीवार, थाने की सीमा आँक रही थी। उसके पार, इलाके की चौड़ी पक्की सड़क थी, और सड़क के पार, 'थानेदार का इलाका' शुरू हो जाता था। एक दूर तक फैली हुई ढलान पर अनगिनत झोंपड़े, कच्चे मकान, छोटी-छोटी कोठरियाँ, खोखे, एक-दूसरे से सटे हुए खड़े थे। शाम के बढ़ते अँधेरे में उड़ती धूल के साथ-साथ अब धुआँ और अन्धकार भी उस बस्ती को ढँकने लगे थे, और इस आच्छादन में कहीं-कहीं जीर्णहीन झोंपड़ों के सामने चूल्हे जल रहे थे, जो इस बस्ती में जीवन का आभास दे रहे थे।

"कौन लोग हैं जो यहाँ पर रहते हैं? शरणार्थी तो नहीं?" मित्र ने पूछा।

"मैं क्या जानूँ, कौन हैं?" थानेदार ने बड़बड़ाते हुए जवाब दिया। "जिन्हें उनकी माँ नहीं पहचानती, उन्हें मैं क्या जानूँगा? चमार, मजदूर, छाबड़ीवाले, भिखमंगे, आवारा—तरह-तरह के लोग यहाँ रहते हैं। किसी का समन लेकर जाओ, तो दिन-भर भटकते रहो, उसका ठिकाना नहीं मिलता। यहाँ एक को दूसरा नहीं जानता।"

इतने में बाहर बरांडे में बोझिल बूटों की टप-टप की आवाज आई और थोड़ी देर में एक हवलदार ने अन्दर आकर, एड़ी टकराकर सलाम किया।

"क्या है?" थानेदार ने बिना आँखें ऊपर उठाए पूछा।

"जनाब, एक केस है।"

"कैसा केस है?"

''वही औरत है जनाब, जो सरकारी कोठरी में रहती है।''

''क्या फिर किसी का बच्चा उठा लाई है? दो कोड़े लगाओ और दफा कर दो। मेरे पास वक्त नहीं है।''

हवलदार फिर भी चुपचाप खड़ा रहा। थानेदार का मित्र कुतूहलवश खिड़की छोड़कर मेज के पास आ गया।

''क्या है? जाते क्यों नहीं?''

''जनाब, उसके साथ एक आदमी भी पकड़ा हुआ है।''

''वह कौन है?''

''कोई आवारा है जनाब, अधेड़ उम्र का आदमी है।''

थानेदार गुस्से में बहुत गुर्राए, मगर लाचार हो गए। नया मुजरिम था, केस सुनना जरूरी हो गया। हवलदार को मुजरिम पेश करने का आदेश दिया, और स्वयं, मेज पर से टाँगें हटाकर, पास पड़ी हुई तुर्रेदार पगड़ी को सिर पर रखा, और तोंद सँभालते हुए कोट के बटन बन्द करने लगे।

''यह औरत कौन है?'' मित्र ने कौतूहल से पूछा।

''इस औरत ने नाक में दम कर रखा है। हर तीसरे रोज इसकी शिकायत आती है। न मैं इसे जेल में ठूँस सकता हूँ, न खुला छोड़ सकता हूँ। इस नामुराद को बच्चे उठाने की इल्लत है। जहाँ कहीं इसे कोई बच्चा अकेला घूमता हुआ मिल जाए, उसे उठा लाती है। बस, इसे यही जुनून है। बच्चे को अपने पास रखती है, उसे खिलाती है, पिलाती है, हर तरह से दुलारती है। मगर कोई बच्चा वापस लेने के लिए जाए तो उसे काटने को दौड़ती है, उसके बाल भी नोच लेती है।''

''है कौन?''

''मैं क्या जानूँ, कौन है? यहाँ पास ही फूस की चटाइयाँ बनती हैं, वहाँ पर काम करती है। मुझसे पहले थानेदार ने इस पर रहम करके इसे एक सरकारी कोठरी रहने को दी थी, बस, यह वर्षों से उसी में टिकी हुई है। मैंने हजार कोशिश की है कि यह किसी तरह यहाँ से चली जाए और हमें इन शिकायतों से चैन मिले, मगर ये भुक्खड़ लोग किसी चीज को चिपटे तो जोंक की तरह चिपट जाते हैं।''

फिर टप-टप बूटों की आवाज आई और हवलदार दाखिल हुआ। उसके पीछे एक औरत धीरे-धीरे अन्दर चली आई। तीस-पैंतीस वर्ष की औरत होगी। पिचका हुआ शरीर, मैले कपड़े, नंगे पाँव, बाहर के झोंपड़ों की तरह रागहीन, रूपहीन, मेज के सामने आकर चुपचाप खड़ी हो गई। उसके पीछे-पीछे एक अधेड़ उम्र का आदमी, एक फटी हुई नीली कमीज बदन पर लटकाए, हाथ जोड़े हुए, चारों ओर देखता हुआ, दाखिल हुआ, जैसे पहली बार थाने में लाया गया हो! बाहर की धूप और बारिश ने उसकी त्वचा को काला बना दिया था। बाल कुछ काले, कुछ सफेद धूल और मिट्टी में एक-से हो रहे थे। उसने झुककर थानेदार साहब को, उनके मित्र

को, पास खड़े हुए हवलदार को—तीनों को नमस्कार किया, और हाथ बाँधे, औरत के पीछे खड़ा हो गया।

थानेदार ने औरत को देखते ही कड़ककर कहा, "तू बाज आएगी या नहीं? ठीक रास्ते पर आ जा, वरना हवालात में बन्द कर दूँगा।"

औरत जैसे आई थी, वैसे ही मेज के सामने खड़ी रही। थानेदार की कड़क ने उसके चेहरे पर कोई भय या आवेश पैदा न किया। केवल अधेड़ उम्र का आदमी, आवाज सुनते ही सिर से पाँव तक काँप उठा।

"यह आदमी कौन है?" थानेदार ने हवलदार को सम्बोधित करके पूछा।

'जनाब, दस-बारह रोज हुए, इसी का लड़का खो गया था, जो इस औरत की कोठरी में से मिला था। जनाब के हुक्म के मुताबिक मैंने बच्चा इसे वापस दिलवा दिया।"

"फिर अब क्या बात है?"

"जनाब, बच्चा अब भी इसी औरत के पास रहता है, इसने वापस नहीं लिया।"

"क्या मतलब? यह बच्चे को ले नहीं गया, या उसने फिर उठा लिया है?"

"कुछ शक्की मामला है, जनाब! दिन-भर यह आदमी कोठरी के चक्कर काटता रहता है, और रात के वक्त भी मैंने इसे कई बार कोठरी के पास खड़े देखा है। न मालूम, कौन आदमी है! आज शाम हमने इसे हिरासत में ले लिया है।"

थानेदार ने भँवें चढ़ाकर उस आदमी की ओर देखा, और क्रुद्ध, तीखे स्वर में बोले, "इधर आगे जाओ। क्या नाम है तुम्हारा?"

उस आदमी की टाँगें फिर एक बार लड़खड़ा गईं। दोनों हाथ बाँधे मेज के सामने आ गया।

"परसू, माई-बाप, मेरा नाम परसराम है।"

"यह औरत तेरी क्या लगती है?"

परसू चुप रहा। उसकी दोनों आँखें धरती पर गड़ गईं।

"बोलता क्यों नहीं, क्या लगती है?"

परसू अब भी चुप रहा।

"क्या काम करते हो?"

परसू ने पहली बार आँखें ऊपर को उठाईं, फिर एक बार नमस्कार किया, और बोला, "हुजूर, छाबड़ी लगाता हूँ।"

'रहते कहाँ पर हो?'

"हुजूर, मेरा कोई ठिकाना नहीं।"

"तो बदजात, यहाँ क्या करने आते हो?" फिर हवलदार की ओर घूमकर बोले, "इसका लड़का किधर है?"

"जनाब, बाहर कांस्टेबल के पास है।"

थानेदार ने एक बार परसू को सिर से पाँव तक देखा, जैसे एक ही नजर में उसका जीवन-परिचय ले लेना चाहते हो! आवाज को धीमा करके बोला, "तुझे जब लड़का दिलवा दिया गया था तो उसे ले क्यों नहीं गया? क्या इस औरत से नजर लड़ गई है?"

परसू की नजरें फिर धरती पर गड़ गईं। न हूँ, न हाँ। थानेदार ने अपने मित्र की ओर देखा, दोनों मित्र मुस्कराए।

"तेरे बाल पक गए, आँखों में हया-शरम नहीं है?" फिर हवलदार को सम्बोधित करके बोले, "क्या कोई और आदमी भी इसकी कोठरी के पास आते हैं?"

"जी नहीं, सिरफ इसी आदमी को कुछ दिन से देखा है। इसीलिए इसे पकड़ लिया है, जनाब!"

थानेदार दिन-भर के थके हुए थे। बहुत मगजपच्ची न करना चाहते थे। एक वाक्य में फैसला सुना दिया, "ले जाओ इन्हें यहाँ से। इस औरत को कुछ दिन हवालात में रखो, और कोठरी को ताला लगा दो। और इस बूढ़े को इसके लड़के के साथ आबादी से बाहर निकाल आओ, जो फिर यह कभी इस तरफ आए तो मुझे खबर दो। जाओ, ले जाओ इन्हें..."

हवलदार मुजरिमों को बाहर ले जाने लगा। औरत चुपचाप दरवाजे की ओर जाने लगी, मगर परसू ज्यों-का-त्यों हाथ बाँधे खड़ा रहा।

हवलदार जब उसे पकड़कर बाहर की ओर धकेलने लगा तो वह काँपती आवाज में बोल उठा, "हुजूर, आपका दरबार बना रहे, एक अरज है हुजूर, मैं अपने-आप यहाँ से चला जाऊँगा, मालिक!"

थानेदार ने परसू की ओर देखा, मगर परसू रुका नहीं, दुस्साहस करके अपनी अरज कह गया, "आप कहेंगे तो मैं शहर भी छोड़ जाऊँगा हुजूर! मगर इसे कोठरी में रहने दिया जाए, इसे नहीं निकालें हुजूर!"

दोनों मित्र फिर एक-दूसरे को देखकर मुस्कराए, हँसे।

"तुम्हें इससे क्या मतलब? खैर मनाओ जो तुम्हें छोड़ दिया है।"

"हुजूर, यह कोठरी इसके पास रही तो यह लौंडा भी पल जाएगा हुजूर!"

"लौंडा? कौन लौंडा?" थानेदार ने हैरान होकर पूछा। फिर अपने मित्र को दबी आवाज में बोले, "हँ, इसमें कुछ है! यह कमीने कोई बात सीधे मुँह नहीं बताएँगे। हर बात में हेर-फेर करते हैं। साफ-साफ बता, क्या बात है, वरना कोड़ों से पिटवा दूँगा।"

थानेदार के मित्र की रुचि केस में बढ़ने लगी थी। उन्होंने थानेदार साहब की कोहनी पर हाथ रखते हुए गुस्सा रोकने को कहा, और बूढ़े परसू को ढाढ़स देते हुए

बोले, ''तुम्हें थानेदार साहब कुछ नहीं कहेंगे, बेशक आराम से बात करो। मगर सच-सच सारी बात बता दो।''

परसू के काँपते हाथ थम गए। उसने कृतज्ञता से मित्र महादेय की ओर देखा और बोला, ''माई-बाप, यही अरज है, मैं चला जाऊँगा, लौंडा इसके पास टिका रहे।''

''तुम अपना लड़का इस औरत के सुपुर्द करना चाहते हो?''

''हुजूर, यह मेरा लड़का नहीं है।'' परसू ने धीरे से कहा।

''तेरा नहीं है? तो तू अब तक हमें बनाता रहा है? किसका लड़का है यह?'' थानेदार ने मेज पर झुकते हुए पूछा।

''मैं नहीं जानता, माई-बाप! मुझे नहीं मालूम, यह किसका लड़का है।''

''तेरा नहीं तो तू इसे अपने साथ क्यों लिये फिरता है?''

''मैं नहीं लिये फिरता हुजूर!'' कहता-कहता परसू फिर चुप हो गया।

थानेदार ने हवलदार को कहा, ''लड़के को अन्दर ले आओ।''

बच्चे को अन्दर लाया गया। कोई पाँच साल का काला दुबला शरीर, उतनी ही चकित आँखें; मुँह में उँगली दबाए, कभी एक को देखता हुआ, कभी दूसरे को; परसू की कमीज का छोर पकड़कर खड़ा हो गया।

''अब बोलो, क्या बात है, डरो नहीं,'' मित्र महोदय ने धीरे से परसू को कहा।

''मैं छाबड़ी लगाता हूँ हुजूर! मंडी में से सब्जी लेकर रोजगार करता हूँ।

''एक रोज सबेरे मंडी में से निकल रहा था। जब मैंने मुड़कर देखा तो, हुजूर, यह लौंडा, कुत्ते के पिल्ले की तरह मेरे पीछे-पीछे चला आ रहा था। मंडी में बहुत भीड़ थी। मैंने सोचा, किसी का बच्चा भटक गया है। मगर यह मुझे देखकर भी वापस नहीं लौटा। मैंने अपनी छाबड़ी ठिकाने पर रखी, और इसका हाथ पकड़कर इसे मंडी में वापस ले गया। बहुत पूछा, हुजूर, मगर किसी ने कोई पता नहीं दिया। अब मैं इसे कहाँ ले जाऊँ! जहाँ पर मैं बैठूँ, साथ में यह बैठ जाए। जो छाबड़ी उठाकर जाने लगूँ तो साथ-साथ चलने लगे। अब हुजूर, इनसान का बच्चा है, इसे कोई मार के कैसे भगा दे? उस रोज शाम पड़ने तक यह मेरे साथ घूमता रहा। इसे कहाँ छोड़ता! मैं इसे अपने साथ ही ले गया। तब से यह मेरे साथ है, हुजूर!''

''तुम रहते कहाँ पर हो?''

''हुजूर, मेरा कोई ठिकाना नहीं, मैं कहीं भी नहीं रहता। मेरा एक वतनी इधर खोखे में रहता है। सर्दी-बरसात हो तो उसके पास पड़ा रहता हूँ, नहीं तो इधर पुल के नीचे जहाँ और लोग सोते हैं, मैं भी रात काट लेता हूँ।''

''यह लड़का कब से तुम्हारे पास है?''

''गरमी के दिनों में यह मेरे पास आया था हुजूर, अब जाड़े के दिन हैं।''

''फिर क्या हुआ?''

"फिर एक रोज यह लड़का खो गया, हुजूर, तो मैंने सोचा, जिस किसी का है, उसे मिल गया होगा। दो-तीन रोज तो मैंने ध्यान नहीं दिया। मगर फिर दिल नहीं माना। यूँ ही कैसे भूल जाता हुजूर! भगवान ने जिसे मेरे पास भेजा, उसे बिना ढूँढ़े-पूछे कैसे छोड़ दूँगा! मैं इसे खोजने लगा। उस रात हुजूर, बारिश हो रही थी, मैं सिर पर टोकरी रखे पुल की तरफ जा रहा था जब एक कोठरी में यह लौंडा मुझे नजर आ गया। हुजूर, इसी की गोद में बैठा भात खा रहा था। मैंने सोचा, इसकी माँ इसे मिल गई है।"

"जी में आया, लौट जाऊँ, फिर मैंने कहा, इस लौंडे के सिर पर हाथ तो फेर जाऊँ, माँ को बोल दूँ कि यह इतने दिन मेरे पास रहा है। मैं कोठरी के पास खड़ा हो गया। मगर यह औरत मुझे देखते ही मुझ पर लपक पड़ी, और मेरे बाल नोच डाले। मुझे शक हो गया कि यह लौंडा इसका नहीं होगा। तब मैंने..."

थानेदार साहब में यह लम्बी रामकहानी सुनने के लिए धैर्य न था। मेज पर हाथ मारकर बोले, "बस-बस, सुन लिया, अब यह कथा बन्द करो।"

"हुजूर, यही अरज है, इसकी कोठरी इससे मत छीनो। यह लौंडा यहीं पर पल जाएगा, इस औरत की गोद भी भरी रहेगी।"

परन्तु थानेदार के मित्र में सरल कौतूहल अधिक था, अविश्वास और घृणा कम। मुस्कराते हुए बूढ़े की आँखों में आँखें मिलाकर बोले, "हाँ, लौंडा मिल जाने पर तुम भी यहीं टिक गए? तुम क्यों रोज इधर चक्कर काटते थे?"

परसू ने धीरे-धीरे कहा, "मुझसे भूल हो गई हुजूर, माफ कर दो, फिर ऐसा नहीं होगा। मैं बूढ़ा हो चला हूँ हुजूर, पुल के नीचे कभी सोने देते हैं, कभी निकाल देते हैं। मेरा कोई ठिकाना नहीं मालिक! यह औरत बच्चे को इतना दुलारती थी, मैंने सोचा, इन दोनों के साथ मेरे भी दिन कट जाएँगे। मगर मैं चला जाऊँगा मालिक..."

दोनों मित्रों ने फिर एक-दूसरे की तरफ देखा और हँसे। थानेदार ने कहा, "जिस औरत को सरकारी कोठरी रहने को मिल जाए, उसे दस दूल्हे बियाहने को भी मिल जाते हैं।"

फिर दोनों मित्रों में दबी आवाज में परामर्श हुआ। थानेदार अपने आदेश में कोई तब्दीली न करना चाहते थे, मित्र बार-बार उन्हें समझा रहे थे। आखिर थानेदार साहब ने हवलदार को कहा, "यह बच्चा इस औरत के हवाले कर दो। यह बेशक अभी कोठरी में टिकी रहे। इस बूढ़े को इलाके के बाहर छोड़ आओ। अगर यह फिर कभी इस तरफ आए तो इसे मेरे सामने पेश करो।"

हवलदार ने फिर एड़ी से एड़ी टकराई और इन फटेहाल मुजरिमों को बाहर ले गया। थानेदार ने फिर पगड़ी उतारी, और तोंद पर के बटन खोलते हुए बोले, "यही कुछ यहाँ रोज होता रहता है। पागलों के इलाके में मैं भी पागल हो जाऊँगा। सुबह

से शाम तक इनकी रिपोर्टें लिखो, इन्हें बेंत लगाओ, इनके किस्से सुनो। सब नसीब का खेल है, किसी को क्या दोष दूँ!''

थानेदार का मित्र चुप हो गया। इन लोगों के साथ कैसा बर्ताव होना चाहिए, यह वही लोग निश्चित कर सकते हैं जिन्हें इनके साथ वास्ता पड़ता हो। शायद थानेदारी चलाने के लिए, सब उसूलों में से अविश्वास का उसूल ही सबसे जरूरी है। वह धीरे से कुर्सी पर से उठा और फिर खिड़की के पास जाकर खड़ा हो गया। बढ़ते अँधेरे के साथ-साथ, अन्धकार और धुएँ के पुंज-के-पुंज जैसे आकाश पर से इस बस्ती पर उतर रहे थे। सर्दी बढ़ रही थी, और कहीं-कहीं पर, किसी झोंपड़े के सामने जलते चूल्हे के इर्द-गिर्द उस झोंपड़े की गिरस्ती, कोई काला नंगा बालक, कोई सिर खुजलाती हुई काली औरत, कोई पाँव के बल बैठा बीड़ी के कश लगाता हुआ बूढ़ा नजर आने लगा। सामने सड़क पर से हवलदार, बूढ़ा परसू, बच्चा और औरत चुपचाप जाते हुए शाम के बढ़ते अँधेरे में खो गए।

बड़ी देर तक फिर दोनों मित्रों में गपशप चलती रही। खिड़की के बाहर एक कांस्टेबल, कन्धे पर बन्दूक रखे पहरा देने लगा। जब दोनों मित्र थाने का दफ्तर छोड़कर घर जाने लगे तो बरांडे में फिर टप-टप बूटों की आवाज आई। हवलदार दाखिल हुआ और चुपचाप एक मोटी सिक्के की चाबी थानेदार के सामने मेज पर रख दी।

''यह क्या है?'' थानेदार ने पूछा।

''जनाब, कोठरी को ताला लगा दिया है।''

''क्यों, क्या हुआ? वह औरत कहाँ है?''

''जनाब, वह चली गई है।''

''चली गई है?''

''जनाब, मैं उन तीनों को यहाँ से ले गया। कोठरी में से मैंने बूढ़े की टोकरी और जूते निकालकर बाहर फेंक दिये। बूढ़ा उन्हें उठाकर ढलान के नीचे उतर गया। मैं उसके पीछे-पीछे गया ताकि आबादी से बाहर उसे छोड़ आऊँ। मगर जनाब, वह अभी ढलान पर से उतरा ही था कि वह बच्चा भागता हुआ उसके पास जा पहुँचा। मैंने उसे रोकने की कोशिश की मगर वह रुका नहीं। इतने में वह औरत भी बच्चे के पीछे ढलान उतर आई और उनके साथ-साथ जाने लगी। मैंने सोचा, शायद बच्चा लेने आई है, बच्चे को उठाकर लौट जाएगी। मगर वह भी नहीं लौटी। मेरे देखते-ही-देखते तीनों एक साथ धीरे-धीरे चलते बड़ी सड़क पर दूर तक निकल गए। जनाब का हुक्म था, जो अपने-आप कोठरी छोड़कर जाए तो जाने दो। मैंने वापस आकर कोठरी को ताला लगा दिया।''

थानेदार ने चाबी को उठाकर जेब में डाल लिया, और फिर अपनी किस्मत की दुहाई देने लगे।

खून के छींटे

माघ महीने के बादल आए तो चिरवांछित सुधा का रूप लेकर, पर बरसे विष बनकर। लहलहाते खेतों पर ओले बरसा गए। दस दिन तक नितान्त वर्षा का आक्रमण रहा, ओले पड़े, आँधी आई, फिर ओले पड़े। अपने भाग्य की दुहाई देते हुए किसान हाथों में दराँतियाँ उठाए खेतों पर लपके, और जो कट सका, काटकर ले आए, पर तब तक खेत रौंदे जा चुके थे और धरती एक विषाक्त देह की तरह काली पड़ चुकी थी। जगह-जगह पर असंख्य गेहूँ के सिट्टे, कीच में लिपटे और मिट्टी के ढेलों के नीचे दबे पड़े रह गए, जैसे रणभूमि में तरुण सैनिक मरे पड़े हों! सहसा चारों ओर गाँवों और कस्बों पर एक भयानक चुप्पी छा गई, और इस मौन, विषादग्रस्त चुप्पी के नीचे किसानों का जीवन एक और करवट लेने लगा। घर उजड़ने लगे, कौड़ियों के दाम जमीनें बिकने लगीं, खेतों की मेंड़ों में नई रेखाएँ खींची जाने लगीं। शहर को जानेवाली लम्बी सड़क पर, जहाँ कभी गेहूँ से लदी बैलगाड़ियों का ताँता लग जाता था, अब घरों से भागे हुए किसान नजर आने लगे। कोई किसान, घर-परिवार को विधाता पर छोड़, शहर में जाकर रिक्शा चलाने लगा, कोई दूसरा फौज में जा भरती हुआ। कोई आकाश के पराक्रम के सामने काँपता हुआ बैरागी बन गया। जगह-जगह पर, मेंड़ों के पास, घरों की गुप्त चारदीवारी के पीछे, सड़कों पर, नित नए हृदय-विदारक नाटक खेले जाने लगे। हाँ, यदि कुछ नहीं बदला तो धरती की काया नहीं बदली, उस पर असंख्य मेंड़ों का जाल, अपनी कठोर रेखाओं में धरती को छोटे-छोटे तिकोनों में बाँटता हुआ ज्यों-का-त्यों बिछा हुआ था, जैसे बुढ़िया धरती माँ की पसलियाँ और पिंजर निकले हुए हों!

दोपहर का वक्त था। शहर को जानेवाली लम्बी सपाट सड़क पर दो व्यक्ति चुपचाप चले जा रहे थे। सड़क के दोनों तरफ, दूर-दूर तक पानी के ताल और छप्पर अब भी खड़े थे। शहर अभी दूर था, और ढलती दोपहर की गोधूलि में अभी केवल शहर के मन्दिरों के कलश, और कारखानों के ऊँचे धुएँ-कश धूमिल-से नजर आ रहे थे। दोनों किसान थे—मटमैले गाढ़े के कपड़े पहने हुए, और दोनों थके हुए जान पड़ते

थे। पिछला आदमी देह का चौड़ा और बलिष्ठ था, उम्र में तीस-बत्तीस बरस का होगा, मोटे-मोटे हाथ, मोटी गरदन और मोटी गठीली टाँगें। अगला उम्र में कम, लड़का-सा था, देह छरहरी और दुर्बल। उसका चेहरा ढलती धूप की तरह पीला हो रहा था, जैसे बीमार हो! लड़के के दोनों हाथ एक रस्सी से बँधे थे, जिसका दूसरा छोर पिछले आदमी के हाथ में था। किसी-किसी समय, चलते हुए, अगला आदमी रुक जाता, जिस पर पिछला आदमी लातों और घूँसों से उसे पीटने लगता, और रस्सी से खींचता हुआ उसे आगे चलाने लगता। एक किसान दूसरे किसान को हाँके लिये जा रहा था।

एक पेड़ के नीचे फिर दोनों रुक गए। लड़का पाँव के बल जमीन पर बैठ गया। जाट ने पहले तो उसे उठाने की कोशिश की पर जब वह न उठा तो अपने कन्धे से लटकते हुए खाकी रंग के थैले में से एक मैला गाढ़े का रूमाल निकाला, और लड़के के मुँह पर बाँधने लगा। लड़का छटपटाया, मगर दोनों हाथ बँधे होने के कारण, और ऊपर से पड़ते चाँटों के डर से सहमकर जमीन पर बैठा रहा।

"उठ हरामजादे, रात पड़ जाएगी तो शहर पहुँचेंगे? देख, शहर अभी कितना दूर है! उठ जा, नहीं तो जान से मार डालूँगा!"

लड़का बँधे मुँह और बाँयें हाथों को ऊपर उठाए, अपनी दो आँखों से जाट के चेहरे की ओर देखता रहा। जाट फिर रस्सी को झकझोरता हुआ उसे लातों और घूँसों के बल उठाने लगा।

अनायास ही शहर की ओर से एक साइकिल आती हुई नजर आई, जिसे देखकर जाट के हाथ थम गए। साइकल पर कोई अधेड़ उम्र का बाबू, काली टोपी पहने और आँखों पर चश्मा लगाए, धीरे-धीरे चला आ रहा था और दूर ही से यह कौतुक देख रहा था। वह इन दोनों के पास आकर रुक गया।

"क्या बात है? इसे पीटते क्यों हो?"

जाट पहले तो चुप रहा और बाबू को सिर से पाँव तक देखता रहा, फिर अपनी फूली हुई साँस और गुस्से को दबाने की चेष्टा करते हुए बोला, "यह पागल है बाबू, मैं तीन दिन से इसके साथ भटक रहा हूँ। मेरा पल्ला छूटने में नहीं आता।"

"तो इसे कहाँ ले जा रहे हो?'

"इसे पागलखाने में दाखिल कराना है साहब! सुबह का गाँव से चला हुआ हूँ। अब दोपहर ढलने को आई, अभी तक शहर नहीं पहुँच पाए। रास्ते में ही चार बज जाएगा और दफ्तर बन्द हो जाएगा। तीन दिन से यही कुछ हो रहा है।"

जमीन पर बैठा हुआ लड़का अपनी बीमार की-सी आकृति और मुर्दा आँखों से कभी बाबू के चेहरे की ओर, और कभी शून्य में देख रहा था।

"कौन है यह?" बाबू ने पूछा।

जाट की आवाज आर्द्र हो उठी। धीरे-धीरे बोला, "अभी हाल ही में पागल हो गया है बाबू। अभी नीमपागल है, पूरा पागल भी नहीं हुआ। इसका बाप मर गया

है। जब वह मरा, उस वक्त इसे ताप चढ़ा हुआ था, और उसी हालत में यह मसान पर चला गया। हमने बहुत समझाया पर यह नहीं माना। जब मसान से लौटकर आया तो इसकी आँखें चढ़ गईं। तब से ऊल-जलूल बकने लगा है।''

बाबू साइकल थामे खड़ा था। थोड़ी देर तक चुपचाप दोनों को देखता रहा। फिर अपने शहरी अनुभव और किताबी अध्ययन के बल पर बोला, ''तो इसे पीटते क्यों हो? जितना ज्यादा पीटोगे, उतना ही जल्दी यह पागल हो जाएगा। इसके हाथ और मुँह भी तुमने बाँध रखे हैं!''

''पीटूँ नहीं तो दो कदम भी नहीं चले। यह मेरे कहने को कहाँ समझता है!''

''इसका और कोई वली-वारस नहीं है? पागलखाने में क्यों दाखिल कराते हो? इसका इलाज करवाओ, ठीक हो जाएगा।''

''नहीं, बाबूजी, इसका कौन इलाज करेगा! इसकी बूढ़ी दादी है, मगर वह अन्धी है। उसके आसरे पर इसे कैसे छोड़ दें? वह इसे आने कब देती थी, नम्बरदार ने समझाया-बुझाया, तब कहीं मानी। बाबू, उर्दू जानते हो? खत पढ़ सकते हो?''

''हाँ, क्या है?''

जाट ने अपने कुर्ते के नीचे पहनी हुई गाढ़े की वास्कट की जेब टटोली, और उसमें से एक मैला अधफटा कागज निकालकर बाबू के हाथ में दे दिया।

''इसे पढ़ो बाबूजी।''

बाबू ने कागज को हाथ में लिया, उस पर लिखे मजमून के नीचे दो अँगूठे और एक दस्तखत को देखा, और फिर धीरे-धीरे पढ़ने लगा।

'...आज रोज मोरखा-फिदवी नम्बरदार दीदारसिंह बमैह दो पंचों के बयान करते हैं कि बिशनसिंह वल्दे सुखासिंह मरहूम, बाप की मौत के बाद नीमपागल हो गया है। हम इल्तजा करते हैं कि इसे जालन्धर शहर के पागलखाने में दाखिल कर लिया जावे। इसका कोई वली-वारस नहीं। गाँव में इसका रहना खतरनाक है...!'

बाबू ने इस मजमून को एक बार पढ़ा, और दोबारा पढ़ ही रहा था, जब उसने घूमकर देखा कि पागल, जाट के हाथ से रस्सी छुड़ाकर खेतों में भागा जा रहा है। खेतों में कीच था, मिट्टी के मोटे-मोटे ढेले थे, मेंड़ें थीं। पागल भागता जा रहा था। उसकी पतली लड़खड़ाती टाँगें जमीन पर से उठतीं, और बेतरह ढंग से कभी दाएँ, कभी बाएँ जाकर पड़तीं। और इन दोनों के बीच रेंगते साँप की तरह बल खाती हुई रस्सी भागी जा रही थी, जिससे उसके हाथ बँधे थे।

मगर बाबू यह देखकर हैरान रह गया कि जाट ने पागल को पकड़ने की तनिक भी कोशिश नहीं की, न वह चिन्तित ही हुआ या घबराया; बल्कि पहले खड़ा था, अब सड़क के किनारे बैठ गया।

''वह तो भाग गया है, अब क्या करोगे?''

जाट ने हँसते हुए जवाब दिया, ''जाएगा कहाँ, अभी लौट आएगा। पहले भी तीन बार भाग चुका है। देखो बाबू, तुम कहते थे, इसकी रस्सी खोल दो।''

मगर अभी पागल एक ही खेत की मेंड़ पार कर पाया था कि उसके पाँव फिसलने और लड़खड़ाने लगे, और देखते-ही-देखते वह धड़ाम से औंधे मुँह जमीन पर जा गिरा। फिर घबराया हुआ उठा और छटपटाते पाँव से भागने लगा। अब की बार चार-पाँच कदम ही जा पाया होगा कि उसकी टाँगें जवाब दे गईं और वह फिर मुँह के बल जा गिरा। अब उससे न उठा गया, और वह वहीं मिट्टी के ढेलों पर हाँफता हुआ बैठ गया। जाट चुपचाप बैठा हुआ उसकी तरफ देख रहा था। बाबू को पागल पर दया आने लगी। न मालूम कौन बदनसीब है, जो बेघर, यतीम, यों सड़कों पर ठोकरें खा रहा है! पागल जिस ओर भागकर गया था, वहाँ मीलों की दूरी तक मैदान ही मैदान थे। इतने असीम विस्तार में वह कहाँ भागकर जा सकता था?

''लौट आ, कुछ नहीं कहूँगा, वापस आ जा, देर हो रही है।'' जाट ने पुकारा।

पागल सिर थामे हाँफता रहा, फिर वह अपने-आप वहाँ से उठ खड़ा हुआ और धीरे-धीरे जाट की ओर लौटने लगा। पागल का सिर मुड़ा हुआ था, और उसका पीला जर्द माथा और सिर पसीने से तर था। इतना भागने पर भी उसके चेहरे पर वही मृतप्राय दुर्बलता छाई हुई थी। उसकी लातें अब भी काँप रही थीं। हाँ, साँस लेने के व्याकुल प्रयास में उसने अपने मुँह पर बँधा हुआ रूमाल दोनों हाथों से नोच डाला था, जो अब उसके गले में एक फन्दे की तरह लटक रहा था। गिरता-पड़ता वह लौट आया और चुपचाप जाट के पास सड़क के किनारे बैठ गया।

''आप जाओ बाबू, देर हो रही है।'' कहते हुए जाट उठा और फिर रस्सी का छोर पकड़कर पागल को उठाने लगा।

बाबू ने चुपचाप साइकल को मोड़ा और सड़क पर आ गया। मन में कौतूहल होते हुए भी इन ग्रामीणों के मामले में कोई दखल न देना चाहता था। मगर वह साइकल पर सवार हुआ ही था कि सहसा पागल ने भागकर उसकी साइकल का पिछला पहिया दोनों हाथों से पकड़ लिया। बाबू जमीन पर पाँव रखकर उतर आया। पागल पहिया पकड़े जमीन पर बैठ गया। एक बार तो बाबू की देह काँप गई, मगर पागल के दोनों हाथ बँधे थे, घबराने का कोई कारण न था।

जाट ने छूटते ही पागल के मुँह पर दो थप्पड़ रसीद किए और उसके हाथ साइकल के पहिए पर से छुड़ा लिये। थप्पड़ खाने के बाद पागल पीछे हट गया, मगर ज्योंही बाबू साइकल पर जाने लगा तो पागल चिल्लाने लगा, ''यह मुझे पीटता है। भूसे की कोठरी में बन्द करता है। मैं नहीं जाऊँगा, मैं नहीं जाऊँगा!''

बाबू रुक गया। उसे मालूम था कि लड़का नीमपागल है, कोई वाक्य होश में और कोई बेहोशी में कहता है। उसे धीरे-धीरे समझाने लगा, ''नहीं, नहीं, कभी बन्द नहीं करेगा। तुम चुपचाप इसके साथ चले जाओ। यह तुम्हें कुछ नहीं कहेगा।''

पागल बच्चों की तरह जिद करने लगा, और फिर पहिया पकड़कर बोलता गया, "यह मुझे मारेगा...मेरा बापू मर गया है...मेरा बापू मर गया है...यह मेरी जमीन छीनता है।" और यही वाक्य बार-बार दोहराता हुआ, ऊँची-ऊँची आवाज में रोने-चिल्लाने लगा।

बाबू को सन्देह हुआ। कोई इस मामले में गड़बड़ है, बात साफ नहीं। मगर इस सन्देह ने बाबूजी के कदम और भी तेज कर दिये। शहर से दूर वीराने में वह उजड्ड लोगों के झगड़े में न पड़ना चाहता था। पागल की त्रस्त आँखों को देखते हुए भी वह फिर साइकल को सड़क पर ले जाने लगा। मगर अब की बार पागल उसके पीछे-पीछे चलने लगा।

जाट अब तक चुपचाप खड़ा था। अब वह आगे बढ़ आया और रस्सी खींचता हुआ पागल को रोकने लगा। जब वह न रुका तो जाट की आँखें गुस्से से लाल होने लगीं। पागल की छाती में जोर से घूँसा मारते हुए बोला, "बाबू के साथ जाएगा... हरामजादे, जाता क्यों नहीं?"

और फिर पागल पर लातों और घूँसों की बौछार पड़ने लगी। ज्यों-ज्यों पागल को पीटता, जाट का क्रोध बढ़ता जाता था। बाबू भी जाट के गुस्से को देखकर काँप उठा। जाट ने थप्पड़ मारने के बाद अपने ख़ाकी थैले में हाथ डाला और एक मोटी साँकल जिसके एक सिरे पर सिक्के का ताला बँधा था, निकाली और जोर से पागल के सिर पर दे मारी। पागल ने बहुतेरे हाथ उठाए, गिड़गिड़ाया, चिल्लाया, मगर जंजीर को रोक न सका। क्षण-भर में उसके सिर से खून का फव्वारा फूट निकला, और देखते-ही-देखते पागल का मुँह खून से लथपथ हो गया। पागल काँपता हुआ, अपने लड़खड़ाते घुटने थामने की चेष्टा करते हुए जमीन पर बैठ गया, और कराहने लगा। झट अपने दोनों हाथ सिर पर रखे, अपनी रुलाई रोकते हुए बोला, "तू जमीन ले ले, मुझे नहीं चाहिए। तू जो कहेगा, करूँगा। मैं कागज पर अँगूठा लगा दूँगा। मेरा बापू मर गया है। तू जमीन ले ले..."

बाबू की आँखों के सामने सारा षड्यंत्र स्पष्ट होने लगा। यह जाट सचमुच इसकी जमीन छीनना चाहता होगा जिसके लिए यह इसे पागलखाने में धकेल रहा है। ऐसा न होता तो पागल जमीन की बात बार-बार क्यों कहे? मगर बाबू क्या कर सकता था? अपनी निस्सहायता को भली भाँति समझते हुए, जड़वत् खड़ा रहा।

जाट के कपड़ों पर खून के छींटे पड़े, उसके हाथ में से साँकल गिर गई, और वह बहते खून को देखता हुआ जड़वत् खड़ा रह गया। पागल के सिर पर से खून की धारा टप-टप धरती पर गिरने लगी। फिर, देखते-ही-देखते, अपना थैला और साँकल और रस्सी वहीं छोड़कर जाट वहाँ से भागने लगा। वह भी खेतों में भागने लगा, सीधा उसी दिशा में, जिसमें थोड़ी देर पहले पागल भागकर गया था। अपने बोझिल पाँव के नीचे कीच के छींटे उड़ाता, बड़ी तेजी से वह जमीन की मेंड़ें पार

करने लगा। बाबू कुछ देर तो उसे खड़ा देखता रहा, फिर उसने जोर से पुकारा, "अरे डर नहीं, मरेगा नहीं, सिर्फ माथे पर चोट आई है, लौट आ।"

मगर जाट के डरे हुए पाँव भागे जा रहे थे। बार-बार वह मुड़कर पागल की ओर देखता, फिर भागने लगता।

फिर बाबू ने देखा कि एक जमीन की मेंड़ के पास जाट के पाँव सहसा रुक गए हैं और वह खड़ा हो गया है। बाबू ने उसे फिर पुकारा, हाथों से इशारा किया, मगर जाट दूर खड़ा, हाँफता हुआ, चुपचाप उनकी तरफ देखता रहा। फिर एक अजीब बात हुई जिसकी बाबू को आशा न थी। जाट धीरे-धीरे वापस आने लगा। बिना कुछ कहे, बिना कुछ सुने, वापस आने लगा। उसके कपड़ों पर पागल के खून के छींटे दूर से ही नजर आ रहे थे। वह सीधा पागल के पास आया और आकर बैठ गया। उसने अपनी पगड़ी को सिर पर से उतारा, और उसके एक छोर पर से लम्बी-सी पट्टी को फाड़ा। फिर जमीन पर से थोड़ी-सी मिट्टी उठाकर पागल के जख्म पर रखी जहाँ से खून बह रहा था, और उस पर धीरे-धीरे पट्टी बाँधने लगा। मगर आधी पट्टी भी नहीं बाँध पाया होगा कि पट्टी छोड़कर फफक-फफककर रोने लगा। रोता जाता और धरती पर पड़ी हुई खून-सनी मिट्टी को अपने माथे पर लगाता जाता।

"मैं पागल हूँ बाबू, मैं पागल हूँ। यह पागल नहीं है...ओ...ओ...मैं बड़ा गुनहगार हूँ बाबू! ओ...मैंने क्या किया है...वाह गुरु, मेरे हाथ काट दे..."

बाबू अब भी खड़ा हतबुद्धि यह नाटक देखे जा रहा था।

"मैं अन्धा हो गया हूँ बाबू, यह मेरा अपना भाई है, मेरे सगे चाचे का बेटा है, बाबू..." और दोनों हाथ बाँधकर, आकाश की ओर देखते हुए याचना करने लगा, "गुरु महाराज, मेरे गुनाह माफ कर दो! माफ कर दो गुरु महाराज!" फिर बाबू को सम्बोधित करके बोला, "यह सच कहता है, सब ठीक कहता है। यह मेरे चाचे का बेटा है बाबू, इसकी एक बीघा जमीन है। नम्बरदार ने मुझे भरमाया है बाबू, मैं सच कहता हूँ। मेरा खेत बारिश में सत्यानाश हो गया है, सारी जमीन में से पाँच मन गेहूँ निकला, हम आठ जीव खानेवाले हैं। मैं नम्बरदार की बातों में आ गया। उसने मुझे बहका दिया कि यह जमीन मेरे नाम हो सकती है। पंचों के अँगूठे भी उसी ने लगवाए हैं। बारिश ने सत्यानाश कर दिया है बाबू, हम कहीं के नहीं रहे। इतनी-सी जमीन में से क्या निकलेगा? पिछली दो पीढ़ियों में छह बार जमीन बँट चुकी है। वाह गुरु...मैं कहाँ जाऊँ...मैंने बीमार को सताया है, बाबू, मैंने तीन रातें इसे भूसे की कोठरी में..."

परन्तु वाक्य अभी पूरा नहीं कर पाया था कि वह सिसकियाँ लेता हुआ जमीन पर बैठ गया, और पागल के पाँव पर बार-बार अपना सिर रखने लगा।

बाबू ने गाँवों की अनेक कहानियाँ सुनी थीं। गाँवों की भूख और गरीबी के अनेक किस्से सुन चुका था, मगर आज पहली बार उस जीवन से साक्षात् कर पाया था।

थोड़ी देर के बाद जाट उठा, पागल के हाथों की रस्सी खोल दी। उसकी बगल को अपने बाजू का सहारा देते हुए, उसे उठाता हुआ सड़क पर ले आया, और धीरे-धीरे उस पर झुके हुए उसे वापस गाँव की ओर ले जाने लगा।

खून से लिथड़ी हुई साँकल, और रस्सी और नम्बरदार की चिट्ठी वहीं पड़े रह गए। बाबू बड़ी देर तक उन्हें जाते हुए देखता रहा। न मालूम किस गाँव के रहने वाले थे, कहाँ से आए थे! शाम की बढ़ती छाया में दोनों किसान धीरे-धीरे दूर निकल गए।

आकाश की स्वच्छ नीलिमा में अब भी दो-एक जलहीन श्वेत बादल उड़ रहे थे, जैसे धरती की दुर्दशा का अट्टहास कर रहे हों! नीचे धरती पर मेंड़ों का जाल शाम की बढ़ती छाया में और भी गहरा होने लगा था।

शहर को जानेवाली लम्बी सड़क फिर चुपचाप हो गई, केवल कहीं-कहीं मीलों की दूरी पर, कोई इक्का-दुक्का किसान, शहर की ओर जाता नजर आ जाए तो आ जाए।

मीलों की दूरी तक सपाट मैदान फैले हुए थे, और कहीं-कहीं जाटों के फुटकर घर, शाम की बढ़ती छाया में शान्त, मौन, चित्रवत् नजर आ रहे थे। इतनी दूरी पर उनमें छिपी व्याकुलता का कोई आभास न मिलता था।

घर की इज्जत

प्रभात वेला में जब बड़े भाई साहब की नींद टूटी तो नियमानुसार उनकी पत्नी उनके सिरहाने खड़ी थी—एक पानी का लोटा लिये, कन्धे पर तौलिया रखे। पति-सेवा का पुण्य यह अर्द्धांगिनी पिछले बीस साल से कमाती चली आ रही थी। भाई साहब ने मुँह-हाथ धोते हुए देखा कि पत्नी का हाथ बार-बार अपने मुँह की ओर जा रहा है।

"क्यों, दाँत में फिर दर्द है क्या?" उन्होंने आँख उठाकर पूछा।

"हाँ, दर्द है।"

भाई साहब ने दिल-ही-दिल में कहा, बीवी बूढ़ी हो चली है। और एक हल्की-सी टीस उनके मन में उठी, मुझे इससे क्या सुख मिला? अनपढ़, न सुन्दर, न चतुर, जो वक्त से पहले बूढ़ी हो चली है। परन्तु सुबह-सवेरे वह अपने मन को अशान्त न करना चाहते थे। मुँह-हाथ धोकर गम्भीर मुद्रा धारण किए वह थोड़ी देर तक चुपचाप बैठे रहे, फिर बोले, "सुनो, तुमने छोटी बहू को समझाया-बुझाया है या अब भी वह मनमानी कर रही है?"

"मैं उसे क्या समझाऊँगी! जैसे उसका घरवाला कहे, वैसे करे। मैं इसमें क्या कह सकती हूँ?"

"घर की इज्जत मिट्टी में मिल जाए तो तुम खुश होगी?"

"नाटक खेल लेगी तो कौन-सा पहाड़ टूट पड़ेगा? छोटी-सी बच्ची है, दो दिन खुश हो लेने दो, फिर उम्र-भर इसी घर में रहना है, अपने-आप सँभल जाएगी।"

"अब मेरी समझ में आया कि क्यों उस लड़की का साहस बढ़ता जा रहा है! बड़ी बहू उसकी पीठ पर हो तो वह किसकी सुनेगी?"

"मैंने उसे कुछ नहीं कहा। पर छोटी-सी बच्ची को ताड़ना करने का क्या लाभ? बचपन में दिल की उमंगें होती हैं, बाद में तो जून भुगतनेवाली बात रह जाती है।" अपने दुखते दाँत पर हाथ रखे बड़ी बहू यह वाक्य कह गई।

"तो तुम इस घर में जून भुगत रही हो?"

"मेरी कौन-सी साध पूरी हुई है?" पर यह कहते ही चुप हो गई और अपने दुस्साहस पर पछताने लगी।

बड़े भाई साहब जहाँ अपनी पत्नी के साथ अपने घर की गुत्थियाँ सुलझा रहे थे, वहाँ बाकी सारा परिवार गर्मियों की ठंडी सुबह में मीठी नींद सोया पड़ा था। बड़े भाई के पलंग से पाँच-छह गज की दूरी पर चार खाटें एक साथ बिछी थीं, जिन पर उनसे छोटे भाई और उनका परिवार सोया पड़ा था। ये चार खाटें छोड़कर थोड़ी दूरी पर इसी लाइन में चार और खाटें बिछी थीं, जिन पर घर के तीसरे रत्न और उनका परिवार सो रहा था। और उनसे आगे पाँच खाटों पर चौथे भाई का परिवार था। इसी प्रकार चन्द्राकार में बिछी लगभग पच्चीस खाटों के सामने, चाँद-तारे की तरह बड़े भाई का बड़ा पलंग बिछा था। खाटों के पीछे एक पुराना इकहरा घर था, और घर के सामने खुली जमीन थी, जिसमें एक ऊँचा शीशम का पेड़ पीढ़ियों से संयुक्त परिवार को अपनी छत्रच्छाया में लिये हुए था।

बड़े भाई अपने पाँच भाइयों में धर्मराज युधिष्ठिर थे—सौम्य मुद्रा, मीठी वाणी, मर्यादा के पक्के, अपने संयुक्त परिवार को पुरखों के सौंपे हुए नियमों पर चलाना अपने जीवन का ध्येय मानते थे। बरसों से गृहपति के पद पर आसीन थे। जहाँ शहर में और कई संयुक्त परिवार टूट-फूट रहे थे, वहाँ इन भाइयों का परिवार प्राचीनता का दृढ़ दुर्ग बना हुआ था।

बड़े भाई आज सचमुच चिन्तित थे, और इसका कारण सबसे छोटे भाई की नवविवाहिता बहू थी। जब से वह भाग्यवान घर में आई थी, बड़े भाई का जैसे सिंहासन डोल गया था, और इनकी प्रौढ़ प्रतिभा भी यह जानने में असमर्थ रही थी कि उसे किस ढंग से घर के अनुकूल चलाया जाए।

सुनन्दा अप्सरा-सी सुन्दर थी, पर साथ ही बेसुध और बेपरवा भी थी। कमरों में घूमती तो गीत गुनगुनाती हुई, जब हँसती तो झरने के पानी की तरह स्वच्छन्द। पहले-पहल जब आई तो घर की जीर्ण दीवारें भी जैसे मुस्करा उठीं, पर धीरे-धीरे घर की मर्यादाओं के उल्लंघन का डर पैदा होने लगा। शादी के हफ्ते-भर बाद ही सुनन्दा ने जेवर-गहने उतार दिये और सादे कपड़े पहनकर सहेलियों से मिलने चली गई। और इसके बाद दस दिन भी न गुजरे होंगे कि एक दिन बोली, 'मैं कहीं नौकरी करूँगी, किसी स्कूल में पढ़ाऊँगी।' आज शादी के दो महीने बाद बहू एक नाटक में भाग लेने जा रही थी!

इस वार्तालाप ने बड़े भाई को और भी गम्भीर बना दिया। पहले अशान्त न थे, अब हो गए। बड़ी बहू साबुन और लोटा उठाकर रसोईघर की ओर जाने लगी, और बड़े भाई फिर गहरी सोच में डूब गए। थोड़ी देर बाद उन्होंने धीरे से अपने सिरहाने के पास टिके हुए एक मोटे-से लट्ठ को बड़े आदरभाव से छू लिया, यह भी उनके जीवन का एक नियम था। स्वर्गीय पिता की इस निशानी के स्पर्श से उनके मन में

दृढ़ता और विश्वास का संचार हो उठता था। इसके बाद वह बिस्तर पर से उठकर धीरे-धीरे अपने कमरे की ओर चले गए।

पूजापाठ व नाश्ते के बाद बड़े भाई साहब ने सबसे छोटे भाई को अपने कमरे में बुला भेजा, और स्वभावानुसार थोड़ी देर चुप रहने के बाद बोले, ''यह नाटक कब खेला जाएगा?''

''अगले सनीचर को। अभी आठ-दस दिन बाकी हैं।''

बड़े भाई धीरे-धीरे कहने लगे, ''भगवान का शुक्र है जो आज बाबूजी जिन्दा नहीं। उन्हें यह दिन नहीं देखना पड़ा।''

छोटा भाई सुनते ही सिहर उठा और कुर्सी छोड़कर उनके पास आकर खड़ा हो गया।

बड़े भाई के तरकश का यह अचूक तीर था। जब देखते कि उनके प्रभाव में शिथिलता का डर है तो स्वर्गीय बाबूजी का नाम लेकर अपना प्रभाव जमा लेते।

''मैं तुम्हारी बातों में दखल नहीं देना चाहता, मगर बेहतर हो कि सुनन्दा इस नाटक में से अपना नाम कटवा दे। मैं नहीं चाहता कि हर ऐरे-गैरे के सामने हमारे घर की बहू स्वाँग भरती फिरे।''

''पर भाई साहब, यह तो सामाजिक नाटक है, स्कूल की लड़कियाँ खेलने जा रही हैं।''

''मैं कब कहता हूँ कि सामाजिक नहीं है? मगर कुलीन घरों की बहू-बेटियाँ लोगों के सामने बेपर्दा होकर नहीं आतीं।''

छोटा भाई चुप हो गया। उसे घबराया हुआ देखकर उसके कन्धे पर हाथ रखते हुए बड़े भाई बोले, ''स्त्रियों में चंचलता अच्छी नहीं होती, इसे पनपने नहीं देना चाहिए। इससे बने-बनाए घर धूल में मिल जाते हैं। अभी-अभी तुम्हारी शादी हुई है। कई बातें यदि शुरू में ठीक न कर ली जाएँ तो बाद में गृहस्थ सँभाले नहीं सँभलता। अगर हम भाइयों को एक मुट्ठी होकर रहना है तो हमें स्त्रियों को काबू में रखना होगा।''

छोटे भाई ने श्रद्धा और भय से सिर हिलाया। उसे अब मालूम हुआ कि वह सुनन्दा को नाटक में भाग लेने की अनुमति देकर बहुत बड़ी भूल कर चुका है। नए विवाह और सुनन्दा के रूप की मादकता उसकी आँखों से छन न पाई थी। परन्तु बड़े भाई अनुभवी पुरुष थे। क्या ठीक है और क्या नहीं, इसका निश्चय वही कर सकते थे।

बड़े भाई फिर कहने लगे, ''शादी के बाद लड़की को अपने नए घर के जीवन में ढल जाना चाहिए। सुनन्दा पर से भी मायके का रंग जितनी जल्दी घुल जाए उतना ही अच्छा।''

ऐन उसी वक्त मँझली बहू चाय के बरतन उठाए बरामदे में से गुजरी, और दोनों भाइयों ने उसे जाते हुए देखा।

"तुम इस मँझली बहू की बात भूल गए? यह जब आई थी तो अपना अलग घर बसाना चाहती थी। यदि इसकी बात मान ली जाती तो यह घर कब का टूट गया होता। मगर अब कितनी सीधी हो गई है! स्त्रियों की चंचलता को तोड़ना ही पड़ता है।"

समय के धूमिल अतीत में छोटे भाई को मँझली बहू की वार्ता याद हो आई। तब वह स्कूल में पढ़ता था। उन दिनों घर में एक तूफान उठ खड़ा हुआ था और सब लोग मँझली बहू को कोसने लगे थे। फिर क्यों और कैसे मँझली बहू सहसा चुप हो गई, वह उस समय न जानता था। साल-भर मँझली बहू रोती रही थी। वह उसे कभी घर के एक कोने में और कभी दूसरे कोने में खड़े रोते देखा करता था।

बड़े भाई गृहस्थ-जीवन पर उपदेश देते गए और छोटा भाई दत्तचित सिर हिलाता गया। एक-एक वाक्य उसके हृदय पर अंकित होता गया। जब वह उठा तो क्षोभ और चिन्ता में अपने-आपको कोसता हुआ। उसने दिल में निश्चय कर लिया कि कुछ भी हो जाए, वह सुनन्दा को नाटक में भाग न लेने देगा, चाहे उसे मंच पर से घसीटकर ही क्यों न लाना पड़े। वह अपने हाथों परिवार के नाम को बट्टा नहीं लगने देगा। कोई भीरु पुरुष किसी काम को करने में असमर्थ होता है तो वह धृष्टता का सहारा ले लेता है। छोटा भाई बड़े भाई साहब की विशाल छाया के नीचे पलकर बड़ा हुआ था, उसके लिए बड़े भाई का एक-एक वाक्य ब्रह्मवाक्य के समान पूज्य था।

बात मामूली थी, अति साधारण, पर इस घर की चहारदीवारी में छोटी-छोटी बातें भी विकराल रूप धारण कर लेती थीं। छोटी बहू जिस स्कूल में पढ़ी थी, उस स्कूल की लड़कियाँ एक नाटक खेलने जा रही थीं, और उनमें छोटी बहू भी शामिल हो गई थी। घर के सब लोग, पाँचों भाई नाटक-सिनेमा देखने के शौकीन थे। बड़े भाई तो ऐसे कई अधिवेशनों पर सभापति पद पर भी बैठ चुके थे। पर वह तब था जब और घरों की लड़कियाँ पार्ट कर रही हों; जब वह स्वयं दर्शक हों, कला के प्रशंसक। जब उनकी अपनी बहू को पार्ट खेलने का शौक हो आए तो धर्म-नियमावली बदल जाती थी, और कुल की मर्यादा टूटने का भय उठ खड़ा होता था।

सुनन्दा संयुक्त परिवार के वातावरण को न जानती थी। छोटे-से परिवार से आई थी, जहाँ पिता और भाई-बहनें एक-दूसरे के साथ मित्रों के समान हँसते-खेलते थे। पिता अमीर तो न थे, पर स्वच्छन्दता के प्रेमी थे, और बाहर की खुली हवा के सामने खिड़कियाँ-दरवाजे बन्द रखने के आदी न थे। सुनन्दा जब इस घर में आई थी तो वह उस पक्षी की तरह थी जो अनजाने में एक पिंजरे में चला आए और फिर अपने पर फैलाने की चेष्टा करने लगे।

जब छोटा भाई अपने कमरे में पहुँचा तो सुनन्दा रोज की तरह गुनगुना रही थी। हँसकर कहने लगी, "तुम दोनों भाई क्या खुसफुस कर रहे थे? इस घर में खुसफुस

बहुत चलती है। हर नुक्कड़ में दो-दो आदमी खड़े न मालूम क्या खुसफुस करते रहते हैं!'' और फिर हँसने लगी।

छोटे भाई ने गम्भीर मुद्रा बनाते हुए कहा, ''सुनो सुनन्दा, तुम यह नाटक खेलने का विचार छोड़ दो।''

''क्यों? क्या बड़े भाई साहब से नाटक की बात कर रहे थे?''

''नहीं, हम दोनों तो दुकान की बात कर रहे थे। मगर सारे शहर में नाटक की चर्चा होने लगी है। मुझे अच्छा नहीं लगता। तुम नाटक में से नाम कटवा दो।''

''वाह जी, ऐसा भी कभी हुआ है! इस वक्त उन्हें मेरे पार्ट के लिए कौन मिलेगा? और फिर सामाजिक खेल है, इसमें काम करना क्या बुरा है? नहीं साहब, मैं तो पार्ट करूँगी।''

पर सुनन्दा के मन में शंका-सी उठ खड़ी हुई, उसने पूछा, ''क्या घर में किसी ने एतराज उठाया है? क्या मँझली बहू ने कुछ कहा है?''

''नहीं, किसी ने कुछ नहीं कहा।''

''तो फिर किस बात से डरते हो? लोग तो कहते ही हैं। ज्यादा चर्चा होगी तो हमारे टिकट भी ज्यादा बिकेंगे,'' कहकर सुनन्दा हँसने लगी।

''तुम इसे मजाक समझ रही हो, पर मैं मजाक नहीं कर रहा हूँ। अगर तुमने नाटक में पार्ट किया तो इसका परिणाम बुरा होगा।''

सुनन्दा को शादी के बाद पहली बार अपने पति की आवाज में कठोरता का आभास हुआ, पर वह हँसती रही।

''इस वक्त मैं छोड़ना भी चाहूँ तो नहीं छोड़ सकती। मेरा पार्ट सबसे लम्बा है। इस वक्त उन्हें मेरी जगह कौन मिलेगा—तुम यह तो सोचते ही नहीं। जान पड़ता है, तुमने कभी नाटक नहीं खेले।'

छोटे भाई को इस जवाब में अपमान नजर आया। कड़ककर बोला, ''अगर तुम मेरा कहा न मानोगी तो इस घर में तुम्हारे लिए कोई स्थान नहीं होगा।''

सुनन्दा सिर से पाँव तक काँप गई, और घबराकर बिस्तर पर जा बैठी। उसे मालूम न था कि शादी के बाद इस प्रकार के वाक्य भी सुने जाते हैं। उसका चेहरा पीला पड़ गया और होंठ काँपने लगे। पल-भर में उसकी आँखें डबडबा आईं।

''तुम इसे इतना आसान समझते हो कि यदि तुम्हें कोई किसी ने नाटक के विरुद्ध कुछ कहा तो तुम मुझे घर से निकाल दोगे?''

छोटा भाई गुस्से में वाक्य कह गया था, मगर अब नम्रता दिखाना भूल थी। उसी दृढ़ता से बोला, ''अगर तुम मेरे प्रतिकूल चलोगी तो...''

''इसमें प्रतिकूलता क्या है? तुम्हीं ने तो कहा था कि बेशक खेलो।''

पर वार्तालाप यहाँ खत्म हो गई। सुनन्दा का पति कपड़े पहनकर दुकान पर चला गया, और सुनन्दा बैठी शून्य में ताकती रही। दिन-भर वह उद्‌भ्रान्त-सी अपने

कमरे में बैठी रही। एक बार वह सान्त्वना की खोज में बड़ी बहू के पास गई। मगर बड़ी बहू रसोईघर की दीवार के साथ अपना मुँह पकड़े निढाल होकर बैठी थी। सुनन्दा उन्हीं कदमों वापस लौट आई। बार-बार वह अपनी आँखें पोंछती रही। उसे आशा न थी कि विवाहित जीवन के पहले आँसू इतने अनूठे और अपमान-भरे ढंग से आएँगे।

शाम हुई। ज्योंही बड़े भाई साहब दुकान से लौटे, सुनन्दा उनके पास जा पहुँची और संकोच-भरे स्वर में बोली, ''देखिए, मैंने एक नाटक में भाग लिया है। हफ्ते-दस दिन में नाटक होने जा रहा है, और आज यह कहते हैं कि नाटक में से नाम कटवा दो। नाटक में भाग लेना क्या बुरी बात है? आप बताएँ, मैं क्या करूँ?''

बड़े भाई सुनन्दा के चेहरे को एक ही नजर में देखकर समझ गए कि छोटे भाई ने अपना कर्तव्य निभाया है, और इन आँसुओं में नाटक का उत्साह बहुत कुछ धुल चुका है। स्नेह-भरी आवाज में हँसकर बोले, ''सुनन्दा बेटी, उस आदमी से बड़ा मूर्ख संसार भर में नहीं होगा जो पति-पत्नी के झगड़े में पड़ता है। मैं अपने लिए यह उपाधि नहीं लेना चाहता। तुम अपना निपटारा आपस में कर लो।''

यह सुनते ही सुनन्दा के मन का बोझ हल्का हो गया। जो बड़े भाई साहब ने अपना रुद्र पाँव इस पर नहीं रखा तो अपने पति को तो वह समझा लेगी, उनसे लड़-झगड़कर भी उन्हें मना लेगी। उसने कृतज्ञता से सिर झुकाया और प्रणाम करके बाहर निकल आई। दिन-भर की व्याकुलता को भुलाने के लिए पड़ोस में एक सहेली से मिलने चली गई।

पर सुनन्दा अभी तक एक संयुक्त परिवार के बाहरी और भीतरी रूप से परिचित न हो पाई थी।

जब वह अँधेरा होने पर लौटकर आई तो गोल कमरे में मँझली बहू और तीसरे भाई की बहू दोनों धीरे-धीरे आपस में बातें कर रही थीं। सुनन्दा को मँझली बहू से डर लगने लगा था, उसकी वाणी में विष की-सी कटुता थी। छोटी को वह चाहती थी, परन्तु छोटी हर वक्त गुमसुम रहती, अपने दिल की बात किसी से न कहती थी। ज्योंही सुनन्दा ने गोल कमरे में पाँव रखा, मँझली बहू जो हाथ फैला-फैलाकर बातें कर रही थी, सहसा चुप हो गई और सुनन्दा को सम्बोधित करके बोली, ''आओ, बहूरानी, अन्दर आ जाओ।''

पर सुनन्दा बैठने की बजाय सीधी गोल कमरा पार करके बाहर बरामदे में चली गई। बरामदे में अँधेरा था। सुनन्दा चुपचाप अपने कमरे की ओर जा रही थी जब सहसा उसके पाँव रुक गए, दरवाजे के पीछे दो आदमी बातें कर रहे थे। सुनन्दा ने बड़े भाई साहब की आवाज पहचान ली। बड़े भाई दरवाजे की ओट में सुनन्दा के पति को कुछ समझा रहे थे। कुछ शब्द सुनन्दा के कानों में भी पड़ गए, 'जो अब भी न माने तो कुछ दिन के लिए मायके भेज दो। इसकी चंचलता जब तक टूटेगी

नहीं, तब तक वह हमारे घर में रह नहीं पाएगी। इस वक्त दृढ़ रहोगे तो उम्र-भर सुखी रहोगे।'

सुनन्दा को जैसे काठ मार गया हो! वह दीवार के साथ सटकर खड़ी थी, वहीं खड़ी रह गई। आगे कदम बढ़ाने की उसकी हिम्मत न हुई। आवाज बड़े भाई साहब की थी, इसमें कोई सन्देह न था। धीरे-धीरे वह अपने-आपको सँभालती हुई वापस लौट आई और बरामदा लाँघकर मैदान में आ गई। उसे ऐसा जान पड़ने लगा, जैसे वह किसी भूलभुलैया में आ गई है, जिसमें मनुष्य जितना ही अपना रास्ता ढूँढ़ने की चेष्टा करे, उतना ही भटक जाता है।

सुनन्दा धीरे-धीरे काँपते हुए पाँव से पेड़ के नीचे आ खड़ी हुई—उसी तरह व्याकुल, जैसे कभी बड़े भाई की बहू खड़ी हुई थी; जैसे मँझली बहू अपने नए घर की साध को टूटता देखकर खड़ी हुई थी, जैसे तीसरे भाई की बहू, अपने पति से दुत्कारी हुई, जो रोज शराब पीकर घर लौटता था और किसी पर-स्त्री से प्रेम करने लग गया था, खड़ी हुआ करती थी। वह वृक्ष उन सब घटनाओं का साक्षी था। मूक और वृद्ध उसने एक के बाद दूसरी चार युवतियों की चंचलता की आहुति इस संयुक्त परिवार के होम में पड़ते देखी थी, और आज पाँचवीं का अभिनय देख रहा था।

सुनन्दा को ऐसा जान पड़ने लगा, जैसे सहसा उसका शरीर किसी पुरानी व्याधि से रुग्ण हो उठा है।

दो दिन बीत गए। सुनन्दा ने फिर नाटक का जिक्र न किया। मन में वह बहुत छटपटाई। कभी मायके जाने की सोचती, कभी अपने पिता को खत लिखने की। जो लोग जीवन से अपनी माँग बहुत आग्रह से माँगते हैं, ठुकराए जाने पर उनकी यातना भी असह्य हो उठती है। मगर वह मुँह पर एक शब्द भी न लाई। सारे घर में नाटक की चर्चा शान्त हो गई। बड़े भाई भी आश्वस्त नजर आने लगे। उनका खयाल था कि सुनन्दा को सीधे रास्ते पर लाने के लिए बड़े दाँवपेच खेलने पड़ेंगे, मगर लड़की बाहर से ही शोख और निडर थी, अन्दर से कायर निकली। छोटे भाई को भी पत्नी के व्यवहार में पराजय का आभास मिलने लगा—वह नम्रता जो असहायता और उद्भ्रांति से पैदा होती है। परन्तु बड़े भाई साहब का उपदेश उसे याद था कि स्त्री झुकने से पहले सब दाँव खेलती है। पुरुष एक बार भी झुक जाए तो स्त्री आयुपर्यंत उसकी गरदन पर सवार रहती है। छोटा भाई इसलिए अभी तक तना रहा।

पर धीरे-धीरे वह नम्रता घृणा में परिवर्तित होने लगी। सुनन्दा की आँखों के सामने इस घर की कुरूपता स्पष्ट होने लगी। वह दिल-ही-दिल में झल्लाने लगी कि यह दासता और अपमान कहाँ तक सहने पड़ेंगे! जब वह नाटक के बारे में चुप हो गई तो सभी चुप हो गए। और इसी झल्लाहट में सुनन्दा एक दिन नाटक में से अपना नाम कटवाने के लिए चली गई।

फिर एक अनोखी घटना घटी। सुनन्दा गई तो भाग्य को कोसती हुई और मन में झल्लाती हुई, पर लौटी आश्वस्त, मुस्कराती हुई। मगर मुँह से फिर भी कुछ न बोली।

दो दिन और बीत गए और उसके चेहरे पर से निराशा की मलिनता जैसे धुलने लगी, और वह फिर से हँसने-बोलने लगी। उसके चेहरे पर पहली-सी अबाध उत्सुकता तो न थी, मगर वे आँसू भी न थे। और तो और, बड़े भाई भी हैरान हुए। इस घर की स्त्रियों में से किसी ने भी इतनी जल्दी और इतनी सुगमता से घर की अनुकूलता ग्रहण न की थी। हाँ, अगर इस परिवर्तन पर किसी को सन्देह हुआ तो वह मँझली बहू थी। मँझली बहू का अपना हृदय यौवन की हिलोर का अनुभव कर चुका था, और फिर बहुतेरा छटपटाने के बाद इस संयुक्त परिवार की दुर्निवार चट्टान के साथ टकराकर एक काँच के खिलौने की तरह चूर-चूर भी हो चुका था। वह एक युवती के हृदय के स्पन्दन को समझती थी। उसने जरूर दाँतों तले उँगली दबाकर कहा, 'छोटे को कहो कि सुनन्दा पर आँख रखे, ये लक्षण अच्छे नहीं।'

धीरे-धीरे नाटक का दिन आ पहुँचा। दोपहर होते-होते सुनन्दा उत्तेजित हो उठी। बार-बार खिड़की से झाँकने लगती और अपने कमरे में चक्कर काटने लगती। उसके दिल की वही हालत हो रही थी जो उस आदमी के दिल की होती है जो अपनी सारी कमाई जुए के एक दाँव पर लगा दे। घर का वातावरण रोज की तरह शान्त और स्तब्ध था। घर की स्त्रियाँ नाटक की तारीख तक भूल चुकी थीं। और बड़े भाई साहब आश्वस्त, कब के दुकान पर जा चुके थे।

दोपहर ढल रही थी जब एक ताँगा घर के सामने रुका और उसमें से बड़े भाई साहब उतरे, और मैदान में चलते हुए सीधे अपने कमरे में चले गए। खिड़की के अधखुले पल्लों के पीछे सुनन्दा ने उन्हें देखा, और अपनी उत्तेजना को दबाने के लिए मुँह में दुपट्टे का छोर ठूँसकर एक-एक क्षण गिनने लगी कि कहीं बड़े भाई साहब उसके कमरे की ओर न चले आएँ। ताँगा सड़क पर ही खड़ा रहा। सुनन्दा ने अपने धड़कते दिल से घड़ी की ओर देखा। उस वक्त चार बजे थे।

पन्द्रह-बीस मिनट बाद बड़े भाई फिर अपने कमरे में से निकले—काली अचकन पहने और सिर पर काली ही नोकदार टोपी रखे हुए। और धीरे-धीरे मैदान पार करते हुए ताँगे पर जा बैठे, और ताँगा जिस दिशा से आया था, उसी दिशा में लौट गया। सुनन्दा के चेहरे पर हँसी फूट पड़ी। वह जल्दी से उठी और फौरन कपड़े पहनकर घर से निकल आई। सिर-मुँह को अच्छी तरह से ढँक लिया ताकि कोई यह न कहे कि कुलीन घर की बहू सड़क पर अकेली घूम रही है।

पर्दा उठने से पहले तीन घंटियाँ बजती हैं। पहली घंटी नाटक के पात्रों को तैयार हो जाने की चेतावनी देती है, दूसरी दर्शकों को अपनी-अपनी जगह पर बैठ जाने की, तीसरी घंटी पर पर्दा उठ जाता है।

दो घंटियाँ बज चुकी थीं। हॉल में सबसे पहली कतार में शहर के डिप्टी कमिश्नर के साथ बैठे हुए बड़े भाई साहब उनकी किसी हाँ-में-हाँ मिला रहे थे। वही सौम्य गम्भीर मुद्रा, वही शान्त आश्वस्त चेहरा, काली अचकन, काली टोपी—बड़े भाई साहब भद्र समाज के स्तम्भ नजर आ रहे थे!

बड़े भाई साहब उठ खड़े हुए और झुककर प्रणाम करते हुए फूलों का हार डिप्टी कमिश्नर साहब के गले में डाला। सारा हॉल तालियों से गूँज उठा। फिर बड़े भाई साहब ने अपना भाषण आरम्भ किया, डिप्टी कमिश्नर का स्वागत और धन्यवाद किया, स्कूल की प्रशंसा की, शिक्षाप्रद नाटक का परिचय कराया, भारतीय संस्कृति के गुण गाए, और अन्त में नाटक में भाग लेनेवालों को आशीर्वाद दिया, "हमारे नाटक हमारे देश के इतिहास और संस्कृति का एक गौरवमय अंग हैं। मुझे खुशी है कि इस कार्य में हमारी बालिकाओं और स्त्रियों ने भाग लिया है। देश की कला देश की स्त्री जाति पर अवलम्बित है। उनका भाग लेना कला के लिए मंगलकारी है।"

सुनन्दा नाट्यशाला में परदे के पीछे खड़ी एक नन्हे-से सुराख में से हॉल में खड़े दर्शकों को देख रही थी। यह सुनकर वह हँसी, पर साथ ही साथ उसकी आँखों में घृणा और विमुखता की तीव्र भावना भी झलक उठी। इतने में उसे पीछे से किसी ने कहा, "अब तुम स्वयं फैसला कर लो। अगर न भी खेलना चाहो तो कोई बात नहीं, हमने दूसरी लड़की को तुम्हारी जगह तैयार कर लिया है," पीछे खड़े हुए कार्यकर्ता ने सुनन्दा से कहा।

सुनन्दा ने कार्यकर्ता के मुँह की ओर देखा, और हँसते हुए बोली, "तुम्हें अब भी शक है कि मैं अपना पार्ट नहीं खेलूँगी?"

"जो खेलना चाहो तो जरूर खेलो, मैं चाहता था कि तुम अच्छी तरह सोच लो।"

"मैंने सोच लिया है। शायद पहले मैं न भी खेलती। पर अब भारतीय नारी और भारतीय संस्कृति की प्रशंसा के बाद तो जरूर खेलूँगी।"

"मगर बात यहीं खत्म नहीं होगी, हमारा नाटक बेशक यहाँ खत्म हो जाएगा। यह सोच लो। तुम्हें उसी घर में रहना है," कार्यकर्ता ने विवेकभरे लहजे में कहा।

"मैं जानती हूँ। यह मत भूलो कि भाई साहब को भी इसी घर में रहना है!" कहकर हँसती हुई स्टेज की ओर भागने लगी। फिर कोने में रुकी और घूमकर बोली, "यह सब तुम्हारे खत की करामात है।" और हँसती हुई आँखों से ओझल हो गई।

ऐन उसी वक्त तीसरी घंटी के बजने की आवाज सुनाई दी।